信不信由你！
一週開口說
波蘭語

波蘭女孩 × 台灣男孩教你波蘭語

蜜拉（Emilia Borza-Yeh）、葉士愷 合著

🌼 Słowo od autorów

Lubicie uczyć się języków obcych? Jedziecie do Polski na wakacje lub studia? A może macie tu znajomych? Nie ważne, który z tych powodów skłonił Was do sięgnięcia po tę książkę. Mamy nadzieję, że będzie ona dobrym wstępem do Waszej przygody z tym pięknym i ciekawym językiem.

Nasza książka pozwoli Wam zapoznać się z podstawami polskiego. Zaczniecie od nauki prawidłowej wymowy liter, głosek oraz pierwszych słów, dzięki czemu będziecie mogli zacząć samodzielnie czytać. Następnie, nauczycie się nowych wyrazów oraz prostych przykładów ich użycia. Pozwoli Wam to na rozwinięcie zasobu słownictwa i ułożenie pierwszych zdań.

Kolejne dwa rozdziały to wstęp do polskiej gramatyki. Dowiecie się więcej o rodzajach liczby pojedynczej rzeczowników i przymiotników, o odmianie czasowników, a także czym jest mianownik i biernik. Dzięki tej wiedzy powoli nauczycie się konstruować swoją własną wypowiedź.

W ostatniej części poznacie kolejne czasowniki i będziecie mogli już zrozumieć dialogi. Poznacie też inne przydatne zwroty, na przykład przywitania, pożegnania i tak dalej.

Mamy nadzieję, że ta książka będzie dla Was dobrym początkiem nauki polskiego i zachęci Was ona nie tylko do jej kontynuowania, ale też do głębszego poznania polskiej kultury.

Powodzenia i zaczynamy!

Emilia Borza-Yeh

蜜拉

一起來探索波蘭語之美！

　　波蘭是個很美的國家，但對大多數人來說，和其他歐洲國家相比是相對冷門的國家。為了讓更多人瞭解波蘭，我們從2015年開始經營社群平台「波蘭女孩x台灣男孩在家環遊世界」，也因此認識了一群對波蘭有興趣的朋友。這些朋友常常問我們，如果想學波蘭語，有沒有什麼推薦的管道？我們仔細地研究，才赫然發現台灣並沒有針對母語是漢語的人所撰寫的波蘭語教材。

　　因為波蘭語和漢語，不管是語感還是文法，差異甚大，若是直接把設計給母語為英語人士的波蘭語教材拿來用，免不了會多了一些障礙。這也是我們想寫這本書的初衷，希望能夠針對母語為漢語的朋友，撰寫一套好懂的波蘭語初學教材。如果能藉著這本書，幫助更多人打開接觸波蘭文化的大門，那就真的就太棒了。

　　這本書的目標對象是完全沒有波蘭語基礎的初學者，因此我們盡量不詳述複雜的文法變化，書中的例句都是以較單純的方式呈現。看完這本書之後，若是對波蘭語學出了興趣，可以再繼續鑽研較為艱深的文法。循序漸進地學習，才不會一開始就卡關，進而影響學習語言的樂趣。

　　若是對於本書內容有疑問，或是對波蘭有任何問題，都歡迎透過臉書粉絲專頁或是Line生活圈詢問我們。歡迎加入我們，讓我們一起探索波蘭語及波蘭文化之美。

Emilia Borza-Yeh

蜜拉　葉士愷

如何使用本書

第1～3天

學習波蘭語，就從認識32個波蘭語字母開始！

發音與發音重點

從「發音」開始學習波蘭語字母，用「發音重點」及「注意」掌握波蘭語的發音技巧及規則。

相關單字

列出相關單字，不僅學習到字母發音，還能同時認識單字，一舉兩得，學習更豐富！

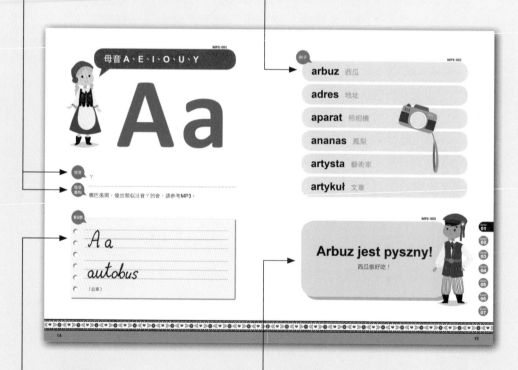

書寫體

邊看著書寫體，試著練習寫寫看波蘭語字母吧！搭配音檔，學習波蘭語字母真的超簡單！

相關短句

除了認識單字，還有相關的實用短句，即使是剛接觸波蘭語，也能享受靈活運用的學習趣味。

生活中最實用的單字，在第4天裡一次學會！

分類單字

以數字、時間、家庭、身分、飲食、用具……等，將單字分別羅列，相同類別一次學習，幫助加深記憶。

有聲學習

作者親錄標準波蘭語發音、朗讀音檔，掃描封底折口QR Code，跟著聽、照著說，輕鬆就能開口說出正確又標準的波蘭語！

2 | rodzina i praca
家庭和身分

（1）rodzina 家庭：　　　　　MP3 144

波蘭文	音節	中文	詞性
żona	żo-na	老婆	陰
mąż	mąż	老公	陽
małżonkowie	mał-żon-ko-wie	夫妻	複數
dziecko	dziec-ko	孩子	中
mama	ma-ma	媽媽	陰
tata	ta-ta	爸爸	陽
rodzice	ro-dzi-ce	父母	複數
siostra	sio-stra	姊妹	陰
brat	brat	兄弟	陽
rodzeństwo	ro-dzeń-stwo	兄弟姊妹	中
babcia	bab-cia	外婆 / 奶奶	陰
dziadek	dzia-dek	外公 / 爺爺	陽
wnuczka	wnu-czka	孫女	陰
wnuk	wnuk	孫子	陽
teściowa	te-ścio-wa	婆婆 / 岳母	陰
teść	teść	公公 / 岳父	陽
teściowie	te-ścio-wie	公婆 / 岳父母	複數
ciocia	cio-cia	嬸嬸 / 姑姑 / 阿姨	陰
wujek	wu-jek	叔叔 / 伯伯 / 舅舅	陽
kuzynka	ku-zyn-ka	表姊妹 / 堂姊妹	陰
kuzyn	ku-zyn	表兄弟 / 堂兄弟	陽

121

⑧ inne zawody 其他職業：　　　　　MP3 154

波蘭文	音節	中文	詞性
nauczycielka / nauczyciel	na-u-czy-ciel-ka / na-u-czy-ciel	老師（女 / 男）	陰 / 陽
rolnik	rol-nik	農民	陽
tłumaczka / tłumacz	tłu-macz-ka / tłu-macz	翻譯（女 / 男）	陰 / 陽
listonoszka / listonosz	li-sto-nosz-ka / li-sto-nosz	郵差（女 / 男）	陰 / 陽
gospodyni domowa	go-spo-dy-ni do-mo-wa	家庭主婦	陰
emerytka / emeryt	e-me-ryt-ka / e-me-ryt	退休者（女 / 男）	陰 / 陽
bezrobotna / bezrobotny	bez-ro-bot-na / bez-ro-bot-ny	失業者（女 / 男）	陰 / 陽

⊕ 說說看　　　　　MP3 155

Pracuję jako.....　　　　　我做……工作。

→ Pracuję jako fryzjer.　　　　　我做理髮師的工作。（我是理髮師。）

→ Pracuję jako projektantka mody.　　　　　我做時裝設計師的工作。（我是時裝設計師。）

→ Pracuję jako księgowy.　　　　　我做會計師的工作。（我是會計師。）

127

相關會話

簡單又實用的相關會話，可模擬實際狀況加以學習與運用，還可以搭配相同分類單字替換練習。

進一步學習波蘭語的文法，成功一週開口說波蘭語！

說明

詳細解説名詞、形容詞、動詞的變化規則。

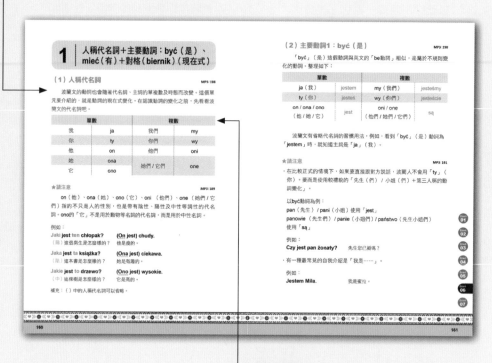

1 人稱代名詞＋主要動詞：być（是）、mieć（有）＋對格（biernik）（現在式）

（1）人稱代名詞 MP3 188

波蘭文的動詞也會隨著代名詞、主詞的單複數及時態而改變。這個單元要介紹的，就是動詞的現在式變化。在認識動詞的變化之前，先來看看波蘭文的代名詞吧。

單數		複數	
我	ja	我們	my
你	ty	你們	wy
他	on	他們	oni
她	ona	她們／它們	one
它	ono		

★請注意 MP3 189

on（他）、ona（她）、ono（它）、oni（他們）、one（她們／它們）指的不只是人的性別，也是帶有陰性、陽性及中性等調性的代名詞。ono的「它」不是用於動物等名詞的代名詞，而是用於中性名詞。

例如：

Jaki jest ten chłopak? (On jest) chudy.
（陽）這個男生是怎麼樣的？ 他是瘦的。

Jaka jest ta książka? (Ona jest) ciekawa.
（陰）這本書是怎麼樣的？ 她是有趣的。

Jakie jest to drzewo? (Ono jest) wysokie.
（中）這棵樹是怎麼樣的？ 它是高的。

補充：（ ）中的人稱代名詞可以省略。

（2）主要動詞1：być（是） MP3 190

「być」（是）這個動詞與英文的「be動詞」相似，是屬於不規則變化的動詞。整理如下：

單數		複數	
ja（我）	jestem	my（我們）	jesteśmy
ty（你）	jesteś	wy（你們）	jesteście
on / ona / ono（他／她／它）	jest	oni / one（他們／她們／它們）	są

波蘭文有省略代名詞的習慣用法，例如，看到「być」（是）動詞為「jestem」時，就知道主詞是「ja」（我）。

★請注意 MP3 191

· 在比較正式的情境下，如果要直接跟對方說話，波蘭人不會用「ty」（你）。要而是使用較禮貌的「先生（們）／小姐（們）＋第三人稱的動詞變化」。

以być動詞為例：

pan（先生）／pani（小姐）使用「jest」
panowie（先生們）／panie（小姐們）／państwo（先生小姐們）使用「są」

例如：

Czy jest pan żonaty? 先生您已婚嗎？

· 有一種最常見的自我介紹是「我是……」。

例如：

Jestem Mila. 我是蜜拉。

詞性變化

利用表格，整理出清楚易懂的詞彙變化，不管是名詞、形容詞的詞性變化，還是動詞的現在式變化，都能夠一目了然！

自我測驗

每講解完一個文法規則後，接著做自
我測驗，測試自己的學習成果吧！

一、請仔細聆聽字母的發音，然後寫下字母的大小寫。　MP3:049

1.＿＿＿＿＿＿　　5.＿＿＿＿＿＿

2.＿＿＿＿＿＿　　6.＿＿＿＿＿＿

3.＿＿＿＿＿＿　　7.＿＿＿＿＿＿

4.＿＿＿＿＿＿

二、連連看，還記得這些單詞的意思嗎？
　　試著把中文和波蘭文連在一起。

1. autobus ・ ・房子 / 家
2. egzamin ・ ・名字
3. imię ・ ・票
4. obiad ・ ・午餐
5. ulica ・ ・貓
6. bilet ・ ・公車
7. dom ・ ・電影
8. film ・ ・雞蛋
9. herbata ・ ・考試
10. jajko ・ ・碗
11. kot ・ ・茶
12. miska ・ ・路

解答P196

46

認識波蘭 波蘭的迷信

每個國家因為文化不同，所以都有各自的習俗，甚至有各自迷信的
地方，這一點當然連波蘭也不例外囉。

出去看電影時帶了一個大包包，你會不會順手把它放在腳邊呢？這
在波蘭人身上是不可能會發生的事，因為波蘭人相信，如果把包包放在
地上，就會讓錢跑掉。所以下次和波蘭人一起外出，可以特別觀察一下，
他們都把包包放在哪裡。

外出用餐時，如果桌子比較小，有的人可能會選擇坐在靠近桌角的
位置。這對波蘭人來說，是不好的事情，特別是對年輕女生而言更是，
因為波蘭人認為，如果女生坐在桌角會影響她的感情運，讓她沒有機會
結婚。因此可以發現，波蘭人吃飯的時候，絕對沒有人會坐在桌角的。

有時候因為趕時間，可能會忘東忘西，把重要的東西忘在家裡，忘
了帶出門，如果波蘭人發生這個狀況，想趕回家拿這個東西時，他們習
慣要先坐下來，從 1 數到 10。會這樣做的原因是要先讓自己冷靜下來，不
要因為衝動而做出不好的事情。波蘭有個諺語，大意是說，「當你很急
的時候，魔鬼是最開心的」（Jak się człowiek spieszy, to się diabeł
cieszy.），就是這個道理。

另外，波蘭人也不喜歡把話說太滿，太早下好的結論，舉例來說，
如果覺得今天早上運氣不錯，心情很好，這時波蘭人不會說「今天是個
美好的一天」，因為會擔心如果這麼說，結果下午發生了不好的事情，
那就白打嘴巴了。因此若這句話不小心脫口而出，說出這句話的人就會
趕木頭製品 3 下，藉著這個動作來抵消這句話。其實這個迷信不只是在
波蘭，許多斯拉夫國家也都是這樣子（如俄羅斯），相信大家在看斯拉
夫電影時，一定可以看到「敲附近的木頭製品 3 下」這樣的畫面。

雖然隨著時代的演進，許多帶有傳統想法的迷信漸漸消失了，但是
在現今的波蘭，還是可以不經意地發現這些有趣的文化差異和迷信喔！

認識波蘭

每天學習的最後，都有波蘭文化專
欄，從歷史、美食到迷信，想更進一
步認識波蘭，全部都在這裡！

目次

第 1 天　學習發音（一）

■ 波蘭文簡介

■ 母音「A、E、I、O、U、Y」

■ 子音「B、C、D、F、G、H、J、K、L、M」

波蘭首都華沙的象徵──美人魚(Warszawska Syrenka)

波蘭語簡介

　　波蘭語屬於印歐語系中的斯拉夫語族，也是波蘭的官方語言。波蘭語在10世紀開始發展成形，成為一種獨立的語言，同時也為波蘭國家的形成與發展發揮了重要的作用。

　　目前全世界大約有5000萬人以波蘭語作為母語，是世界上使用人數第26大的語言。主要的使用群體為波蘭的居民、波蘭裔後代，以及居住在國外的波蘭人。使用波蘭語的人口中，除了波蘭本國之外，大多集中在白俄羅斯、哈薩克、立陶宛、烏克蘭、西歐（尤其是德國、英國）、美國、以色列和澳洲等。

　　波蘭語字母來自於拉丁文字母，有32個字母，其中有9個字母是其他語言不使用的特殊字母。字母列表如下：a、ą、b、c、ć、d、e、ę、f、g、h、i、j、k、l、ł、m、n、ń、o、ó、p、r、s、ś、t、u、w、y、z、ź、ż。

　　對於學習波蘭語的外國人來說，最大的挑戰應該是文法，特別是不同的格變化。但是也不用擔心，根據語言學家的研究表示，只要知道大約1,200個經常使用的波蘭語單詞，就足以讓你可以簡單地和別人聊天了。

　　從2004年開始有波蘭語檢定考試。一共分成6級，分別是：成人的A1（初級）到C2（高級），還有兒童和青少年的A1到B2。有興趣的朋友，可以上波蘭語文能力測驗網站了解更多資訊。

　　期待本書能帶領著你，體會波蘭語之美，我們一起加油吧！

◎波蘭語文能力測驗網站：http://certyfikatpolski.pl/

母音A、E、I、O、U、Y

Aa

發音　ㄚ

發音重點　嘴巴張開，發出類似注音ㄚ的音，請參考MP3。

書寫體

Aa

autobus

（公車）

arbuz 西瓜

adres 地址

aparat 照相機

ananas 鳳梨

artysta 藝術家

artykuł 文章

MP3│003

Arbuz jest pyszny!

西瓜很好吃！

Dzień 01
Dzień 02
Dzień 03
Dzień 04
Dzień 05
Dzień 06
Dzień 07

母音 A、E、I、O、U、Y

Ee

 發音　ㄟ

 發音重點　嘴巴張開，發出類似注音ㄟ的音，請參考MP3。

書寫體

Ee

egzamin
（考試）

例子

MP3 | 005

echo 回音

ekran 螢幕

encyklopedia 百科全書

edukacja 教育

Europa 歐洲

elegancki 優雅的

MP3 | 006

Egzamin był trudny.

考試很難。

Dzień 01

Dzień 02

Dzień 03

Dzień 04

Dzień 05

Dzień 06

Dzień 07

母音 A、E、I、O、U、Y

發音 —

發音重點 嘴角輕輕往兩邊拉開，發出類似注音ㄧ的音，請參考MP3。

書寫體

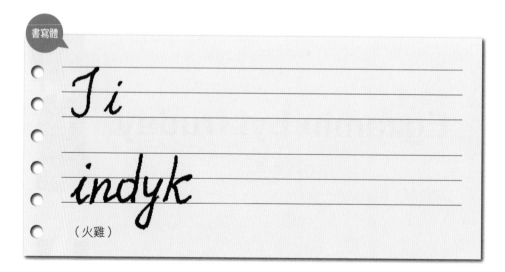

Ii

indyk

（火雞）

imię 名字

iluzjonista 魔術師

igła 針

imbir 薑

instrument 樂器

inżynier 工程師

MP3 | 009

Jak masz na imię?

你叫什麼名字？

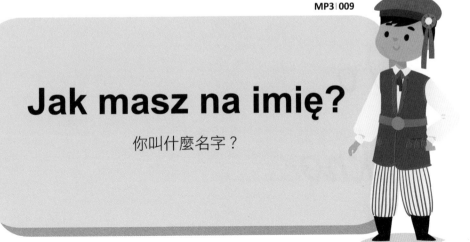

Dzień 01
Dzień 02
Dzień 03
Dzień 04
Dzień 05
Dzień 06
Dzień 07

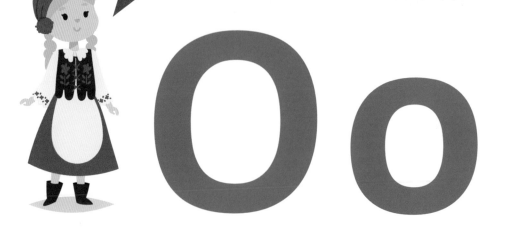

母音 A、E、I、O、U、Y

Oo

發音

ㄡ

發音重點

嘴巴呈圓形，發出類似注音ㄡ的音，請參考MP3。

書寫體

Oo

okno

（窗戶）

ogórek 黃瓜

ogród 花園

obraz 畫

obiad 午餐

obcokrajowiec 外國人

okulary 眼鏡

MP3│012

Idziemy na obiad!

我們去吃午餐吧！

Dzień 01

Dzień 02

Dzień 03

Dzień 04

Dzień 05

Dzień 06

Dzień 07

母音 A、E、I、O、U、Y

Uu

> **發音** ×

> **發音重點** 嘴巴嘟起來，呈現O的形狀，發出類似注音ㄨ的音，請參考MP3。

書寫體

U u

usta

（嘴唇）

ulica 路

ucho 耳朵

ubranie 衣服

uniwersytet 大學

uczeń 學生

urodziny 生日

MP3 | 015

Jaka to ulica?

這是什麼路？

母音 A、E、I、O、U、Y

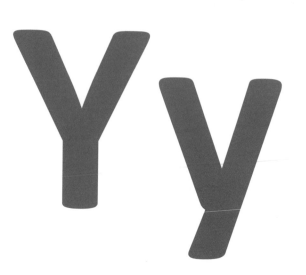

發音 ㄜ（MP3會先唸字母的名字，再念字母的發音）

發音重點 嘴巴微微張開，牙齒閉上，發出類似注音ㄜ的音，請參考MP3。

書寫體

Yy

motyl

（蝴蝶）

zeszyt 本子

sypialnia 臥室

zęby 牙齒（複數）

budynek 建築

schody 樓梯

życie 生活

MP3｜018

Schody są na lewo.

樓梯在左邊。

Dzień 01
Dzień 02
Dzień 03
Dzień 04
Dzień 05
Dzień 06
Dzień 07

子音：B、C、D、F、G、H、J、K、L、M

Bb

 發音 ㄅ

發音重點　嘴巴張開，壓唇，然後發出類似注音ㄅ的音，請參考MP3。

注意　濁音b如果在單詞的最後面、以及在清音的前面或後面（清音為 p、t、k、f、s、ś、sz、c、ć、cz、ch / h），會變成清音p（ㄆ）。例如：chleb（麵包）發音為chle[p]。

書寫體

Bb

bilet

（票）

babcia 外婆 / 奶奶

buty 鞋子

balon 氣球

banan 香蕉

basen 游泳池

barszcz 甜菜根湯

MP3|021

To jest moja babcia.

這是我的外婆 / 奶奶。

Dzień **01**

Dzień **02**

Dzień **03**

Dzień **04**

Dzień **05**

Dzień **06**

Dzień **07**

子音：B、C、D、F、G、H、J、K、L、M

Cc

發音 ち

發音重點 嘴巴壓扁，發出類似注音ち的音，請參考MP3。

書寫體

C c

cebula

（洋蔥）

cena 價錢

cytryna 檸檬

cel 目標

cegła 紅磚

cukier 白糖

cyrk 馬戲團

MP3 | 024

To jest mój cel.

這是我的目標。

子音：B、C、D、F、G、H、J、K、L、M

Dd

發音 ㄉ

發音重點 舌頭抵住牙齒，發出類似注音ㄉ的音，請參考MP3。

注意 濁音d如果在單詞的最後面，以及在清音的前面或後面（清音為 p、t、k、f、s、ś、sz、c、ć、cz、ch / h），會變成清音t（ㄊ）。例如：zawód（職業）發音為zawó[t]。

書寫體

Dd

dom

（房子\家）

例子

drewno 木頭

deszcz 雨

dworzec 火車站 / 客運站

dynia 南瓜

długopis 筆

darmowy 免費的

Gdzie jest dworzec?

火車站在哪裡？

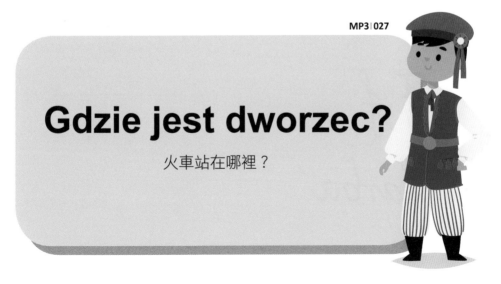

子音：B、C、D、F、G、H、J、K、L、M

Ff

發音 ㄈ

....

發音重點 下嘴唇輕觸上排牙齒，發出類似注音ㄈ的音，請參考MP3。

書寫體

Ff

farba

（油漆）

film 電影

foka 海豹

fala 海浪

flaga 旗子

fotel 單人沙發

fryzura 髮型

MP3 | 030

Świetny film!

很棒的電影！

 Dzień 01

 Dzień 02

 Dzień 03

 Dzień 04

 Dzień 05

 Dzień 06

 Dzień 07

子音：B、C、D、F、G、H、J、K、L、M

Gg

 發音　　ㄍ

發音
重點　用喉嚨發出類似注音ㄍ的音，請參考MP3。

注意　濁音g如果在單詞的最後面、以及在清音的前面或後面（清音為
p、t、k、f、s、ś、sz、c、ć、cz、ch / h），會變成清音k（ㄎ）
。例如：smog（煙霧）發音為smo[k]。

書寫體

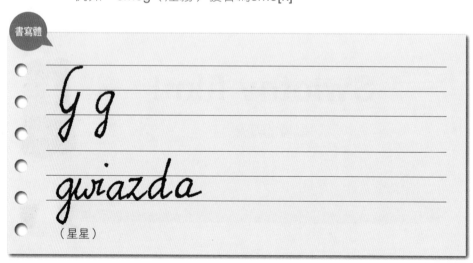

Gg

gwiazda

（星星）

góra 山

gra 遊戲

gitara 吉他

garnek 鍋子

głowa 頭

guzik 釦子

MP3|033

Boli mnie głowa.

我頭痛。

Dzień 01
Dzień 02
Dzień 03
Dzień 04
Dzień 05
Dzień 06
Dzień 07

子音：B、C、D、F、G、H、J、K、L、M

Hh

 發音　　ㄏ

....

發音
重點　　嘴巴稍微張開，發出類似注音ㄏ的音，請參考MP3。

書寫體

H h

herbata

（茶）

historia 歷史

hałas 噪音

hotel 旅館

hasło 密碼

huśtawka 鞦韆

hymn 國歌

MP3 036

Uważaj, herbata jest gorąca.

小心，茶很熱。

Dzień 01

Dzień 02

Dzień 03

Dzień 04

Dzień 05

Dzień 06

Dzień 07

37

子音：B、C、D、F、G、H、J、K、L、M

J j

發音 —

發音重點

音近似類似注音ㄧ，但有些許差異，請參考MP3。

書寫體

J j

jajko

（雞蛋）

例子

jabłko 蘋果

jajecznica 炒蛋

ja 我

jagody 藍莓

jeleń 鹿

Japonia 日本

MP3 039

Chcesz jabłko?

你要蘋果嗎？

Dzień 01

Dzień 02

Dzień 03

Dzień 04

Dzień 05

Dzień 06

Dzień 07

子音：B、C、D、F、G、H、J、K、L、M

發音 ㄎ

發音重點 就像清咳的感覺，發出類似注音ㄎ的音，請參考MP3。

書寫體

$\mathcal{K}\, k$

kot

（貓）

książka 書

kolor 顏色

kawa 咖啡

kanapka 三明治

kino 電影院

komiks 漫畫

MP3 | 042

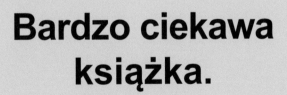 

Bardzo ciekawa książka.

非常有趣的書。

Dzień 01
Dzień 02
Dzień 03
Dzień 04
Dzień 05
Dzień 06
Dzień 07

子音：B、C、D、F、G、H、J、K、L、M

發音 ㄌ

發音重點 嘴巴稍微張開，舌頭抵住上面，發出近似類似注音ㄌ的音，請參考MP3。

書寫體

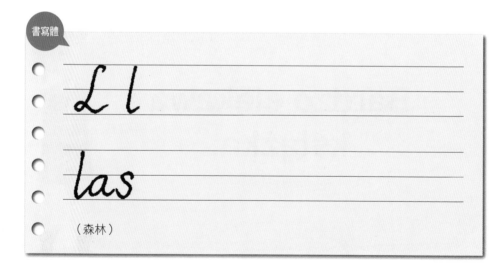

ℒ l

las

（森林）

lody 冰淇淋

lotnisko 機場

lekarz 醫生

lekarstwo 藥

lato 夏天

lustro 鏡子

MP3|045

Lubię czekoladowe lody.

我喜歡巧克力冰淇淋。

Dzień
01

Dzień
02

Dzień
03

Dzień
04

Dzień
05

Dzień
06

Dzień
07

子音：B、C、D、F、G、H、J、K、L、M

Mm

 發音

ㄇ

發音重點

嘴巴先緊閉，先將嘴唇壓住再釋放出來，發出類似注音ㄇ的音，請參考MP3。

書寫體

M m

miska

（碗）

例子

miasto 城市

most 橋

morze 海

mleko 牛奶

miłość 愛情

muzyka 音樂

Warszawa to duże miasto.

華沙是很大的城市。

Dzień 01

Dzień 02

Dzień 03

Dzień 04

Dzień 05

Dzień 06

Dzień 07

一、請仔細聆聽字母的發音，然後寫下字母的大小寫。　MP3 | 049

1.＿＿＿＿＿＿＿＿＿＿＿　　5.＿＿＿＿＿＿＿＿＿＿＿

2.＿＿＿＿＿＿＿＿＿＿＿　　6.＿＿＿＿＿＿＿＿＿＿＿

3.＿＿＿＿＿＿＿＿＿＿＿　　7.＿＿＿＿＿＿＿＿＿＿＿

4.＿＿＿＿＿＿＿＿＿＿＿

二、連連看，還記得這些單詞的意思嗎？
　　試著把中文和波蘭文連在一起。

1. autobus　　·　　　　　　　·房子 / 家

2. egzamin　　·　　　　　　　·名字

3. imię　　·　　　　　　　·票

4. obiad　　·　　　　　　　·午餐

5. ulica　　·　　　　　　　·貓

6. bilet　　·　　　　　　　·公車

7. dom　　·　　　　　　　·電影

8. film　　·　　　　　　　·鷄蛋

9. herbata　　·　　　　　　　·考試

10. jajko　　·　　　　　　　·碗

11. kot　　·　　　　　　　·茶

12. miska　　·　　　　　　　·路

解答P196

波蘭歷史簡介

很久很久以前，傳說中有3位兄弟，分別是萊赫（Lech）、切赫（Czech）和羅斯（Rus）。他們一同尋找適合安居立命的地方，最後3個人各自朝著不同的方向前進，也建立了不同的斯拉夫國家，分別是波蘭、波希米亞（捷克）、羅斯（現在的俄羅斯、白俄羅斯、烏克蘭）。

其中建立波蘭的萊赫，在一棵巨大的老樹上，看到一隻美麗的白色老鷹。萊赫決定在這個地方建立第一個城市，這個城市的名字就叫格涅茲諾（Gniezno），後來也成為波蘭的第一個首都。而老鷹成為了波蘭的象徵，這個圖案也一直流傳到現在，成為波蘭的標誌。

西元966年，公爵梅什科一世（Mieszko I）在格涅茲諾受洗，波蘭確立天主教為國教，正式成立國家。1038年，波蘭將首都遷到克拉科夫（Kraków），維持超過550年的時間。

西元1569年，盧布林聯合（Unia lubelska）成立，波蘭和立陶宛合併，正式成立波蘭立陶宛聯邦（Rzeczpospolita Obojga Narodów）。16世紀是波蘭的黃金時代，無論是在文化、藝術還是科學方面，都有著蓬勃的發展。當時波蘭也是非常開放的國家，他們實施宗教寬容政策，接納許多被宗教迫害的難民來這裡居住，包括基督徒、猶太人和穆斯林。

1596年，國王瓦迪斯瓦夫四世（Władysław IV Waza）將首都從克拉科夫遷至中部的華沙（Warszawa）。從17世紀中葉起，波蘭戰火連連，先後與土耳其、哥薩克部落、俄國、瑞典交戰，波蘭元氣大傷，國力開始衰退。

1772 年，俄羅斯、普魯士、奧地利同時進攻波蘭，簽署瓜分波蘭的協定，史稱第一次瓜分波蘭。1791 年，波蘭人通過了歐洲第一部，也是世界第二部的憲法。1793 年，俄國再度侵犯波蘭，最後波蘭投降。俄國

與普魯士對波蘭發動第二次瓜分。1795 年，俄羅斯、普魯士和奧地利再次對波蘭進行瓜分，使得波蘭從歐洲地圖上消失，正式亡國。

儘管國家被瓜分了，波蘭的文化、語言和獨立精神都保存了下來。在瓜分期間，波蘭人依舊發起了不少革命運動。然而直到第一次世界大戰結束，波蘭才有機會重新獲得自由，於 1918 年 11 月 11 日，波蘭復國，重新出現在歐洲地圖上。

1939 年 9 月 1 日，波蘭被納粹德國入侵，是第二次世界大戰爆發，這段期間波蘭再次被德國和蘇聯瓜分。1944 年華沙起義爆發，這是第二次世界大戰全歐洲最大的一次反抗運動。戰爭期間有超過 600 萬波蘭公民喪生，包括 300 萬波蘭裔猶太人。

戰爭結束後，波蘭受到蘇聯的影響和控制，進入了社會主義的時代。波蘭人 Karol Wojtyła 於 1978 年被選為教皇，並改名為若望・保祿二世（Jan Paweł II）為波蘭帶來新的希望。1989 年，在以華勒沙（Lech Wałęsa）為首的團結工聯領導下，波蘭推翻了社會主義，正式邁向民主時代。

經過了多年的動盪，波蘭穩定了下來，開始逐漸地發展。之後波蘭陸續加入了北約和歐盟，並在經濟上持續成長，目前已經被國際信評機構，列為已開發市場。

第 2 天　學習發音（二）

- 子音「N、P、R、S、T、W、Z」
- 特殊字母「Ą、Ć、Ę、Ł、Ń、Ó、Ś、Ż、Ź」

子音：N、P、R、S、T、W、Z

發音 ㄋ

....

發音重點 舌頭抵住上排牙齒，發出類似注音ㄋ的音，請參考MP3。

書寫體

N n

nos

（鼻子）

nauka 科學

noga 腿

nożyczki 剪刀（單數）

noc 夜

naleśnik 波蘭的薄餅（單數）

nóż 刀子

Czy masz nożyczki?

你有剪刀嗎？

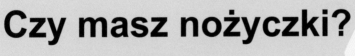

Dzień 01
Dzień 02
Dzień 03
Dzień 04
Dzień 05
Dzień 06
Dzień 07

子音：N、P、R、S、T、W、Z

發音 ㄆ

發音重點 先壓住嘴唇，再將空氣從唇間噴出來，發出類似注音ㄆ的音，請參考MP3。

書寫體

Pp

pies

（狗）

Polska 波蘭

pierogi 波蘭的水餃

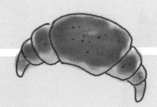

piekarnia 麵包店

pocztówka 明信片

papier 紙

pociąg 火車

MP3 | 055

Polska to piękny kraj.

波蘭是很美的國家。

Dzień 01
Dzień 02
Dzień 03
Dzień 04
Dzień 05
Dzień 06
Dzień 07

子音：N、P、R、S、T、W、Z

Rr

發音 彈舌的ㄖ

發音重點 先發出類似注音ㄖ的音，加上彈舌，請參考MP3。

書寫體

R r

rower

（自行車）

rok 年

ryż 白飯

ryba 魚

rodzina 家庭

rodzice 父母

róża 玫瑰

MP3 | 058

Na zdjęciu jest moja rodzina.

照片上有我的家庭。

Dzień
01

Dzień
02

Dzień
03

Dzień
04

Dzień
05

Dzień
06

Dzień
07

子音：N、P、R、S、T、W、Z

Ss

發音　ム

發音重點

嘴角輕輕往兩邊拉開，牙齒緊閉，發出類似注音ム的音，請參考 MP3。

書寫體

S s

sok

（果汁）

ser 起司

serce 心

samolot 飛機

samochód 汽車

słownik 字典

słońce 太陽

MP3｜061

Piję sok jabłkowy.

我喝蘋果汁。

Dzień
01

Dzień
02

Dzień
03

Dzień
04

Dzień
05

Dzień
06

Dzień
07

子音：N、P、R、S、T、W、Z

T t

發音 ㄊ

發音重點 嘴巴微張，舌頭推擠牙齒，發出類似注音ㄊ的音，請參考MP3。

書寫體

Tt

telefon

（電話）

MP3|063

Tajwan 台灣

turysta 遊客

telewizor 電視

tramwaj 電車

torba 袋子

torebka 包包

MP3|064

Chcę kupić nowy telewizor.

我要買新的電視。

Dzień
01

Dzień
02

Dzień
03

Dzień
04

Dzień
05

Dzień
06

Dzień
07

子音：N、P、R、S、T、W、Z

Ww

發音 類似ㄈㄨㄜ。

發音重點 上排牙齒輕觸下嘴唇，發出類似注音ㄈㄨㄜ的音，請參考MP3。

注意 濁音w如果出現在單詞的最後、以及在清音的前面或後面（清音為p、t、k、f、s、ś、sz、c、ć、cz、ch／h），會變為清音f（ㄈ）。例如：wtorek（星期二）發音為[f]torek；wymówka（藉口）發音為wymó[f]ka；lew（獅子）發音為le[f]。

書寫體

Ww

walizka

（行李箱）

wieś 農村

wagon 車廂

wiatr 風

woda 水

wyjście 出口

wejście 入口

MP3|067

Gdzie jest wyjście?

出口在哪裡？

Dzień **01**

Dzień **02**

Dzień **03**

Dzień **04**

Dzień **05**

Dzień **06**

Dzień **07**

子音：N、P、R、S、T、W、Z

Z z

發音 ㄗ

發音重點
嘴角微微往兩邊拉開，舌頭碰到前排牙齒，發出類似注音ㄗ的音，請參考MP3。

注意
濁音z如果在單詞的後面、以及在清音的前面或後面（清音為 p、t、k、f、s、ś、sz、c、ć、cz、ch / h），會變為清音s（ㄙ）。例如：obraz（畫）發音為obra[s]；rozkaz（命令）發音為ro[s] ka[s]。

書寫體

Z z

zegar

（鐘錶）

zupa 湯

zamek 城堡

zabawka 玩具

zagadka 謎語

zeszyt 本子

zdjęcie 照片

MP3 | 070

Zrobisz nam zdjęcie?

你可以幫我們拍照嗎？

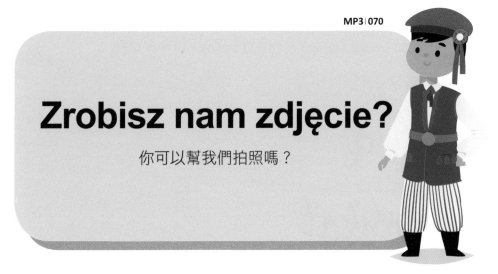

Dzień 01

Dzień 02

Dzień 03

Dzień 04

Dzień 05

Dzień 06

Dzień 07

特殊字母：Ą、Ć、Ę、Ł、Ń、Ó、Ś、Ż、Ź

發音　類似連在一起ㄛㄇ。

發音重點　利用鼻音，發出類似注音ㄛㄇ連在一起的音，請參考MP3。

注意　ą 在 b、p、d、t、c、cz、ć、dz、dż、dź 前面要發出沒有鼻音連在一起的ㄛㄇ，發音為 om 或 on，例如：gołąb（鴿子）發音為 goł[om]p；sąd（法庭）發音為 s[on]t。在 k、g 前面發音為 [o ＋ㄥ]，例如：mąka（麵粉）發音為 m[o ㄥ]ka。在 l 或 ł 前面發音為 [o]，例如：wziął（他拿了）發音為 wzi[o]ł。請參考 MP3。

書寫體

Ą ą

trójkąt

（三角）

mąż 老公

mąka 麵粉

błąd 錯誤

bąbel 水泡

prąd 電

sąd 法院

MP3 | 073

Mam na stopie bąbel.

我的腳長了水泡。

Dzień
01

Dzień
02

Dzień
03

Dzień
04

Dzień
05

Dzień
06

Dzień
07

特殊字母：Ą、Ć、Ę、Ł、Ń、Ó、Ś、Ż、Ź

Ćć

發音 類似ㄑ。

發音重點 嘴巴緊閉，發出類似注音ㄑ的短音，請參考MP3。

書寫體

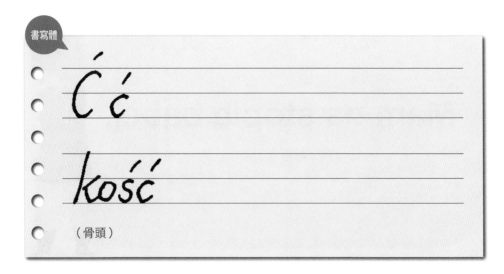

Ćć

kość

（骨頭）

liść 葉子

miłość 愛情

ćma 蛾

sześć 六

biegać 跑

pisać 寫

MP3 | 076

Lubię biegać.

我喜歡跑步。

Dzień 01

Dzień 02

Dzień 03

Dzień 04

Dzień 05

Dzień 06

Dzień 07

特殊字母：Ą、Ć、Ę、Ł、Ń、Ó、Ś、Ż、Ź

Ę ę

發音 類似連在一起的ㄣㄡ。

發音重點 利用鼻音，發出近似注音ㄣㄡ連在一起的音，請參考MP3。

注意 ę 在 b、p、d、t、c、cz、ć、dz、dż、dź 前面要發出沒有鼻音連在一起的ㄣㄡ，發音為 em 或 en，例如：sędzia（法官）發音為 s[en]dzia。在 k、g 前面發音為 [e＋ㄥ]，例如：ręka（手）發音為 r[e ㄥ]ka。在 l 或 ł 前面、以及在單詞的後面，發音為 [e]，例如：wzięła（她拿了）發音為 wzi[e] ła。請參考 MP3。

書寫體

Ę ę

ręka

（胳膊）

zwierzę 動物

mięso 肉

mięta 薄荷

pięta 腳跟

tęcza 彩虹

język 舌頭 / 語言

MP3 | 079

Co to za mięso?

這是什麼肉？

 Dzień 01

 Dzień 02

 Dzień 03

 Dzień 04

 Dzień 05

 Dzień 06

 Dzień 07

特殊字母：Ą、Ć、Ę、Ł、Ń、Ó、Ś、Ż、Ź

發音　類似連在一起的ㄨㄜ。

發音重點　嘴唇往前，呈現O的形狀，發出類似注音ㄨㄜ的音，請參考MP3。

書寫體

Łł

Łyżka

（湯匙）

łóżko 床

łazienka 洗手間

łzy 眼淚

ładowarka 充電器

łosoś 鮭魚

sałatka 沙拉

MP3|082

Jedna łyżka cukru.

一湯匙白糖。

Dzień 01

Dzień 02

Dzień 03

Dzień 04

Dzień 05

Dzień 06

Dzień 07

特殊字母：Ą、Ć、Ę、Ł、Ń、Ó、Ś、Ż、Ź

Ń ń

發音 類似連在一起的ㄋㄧ的短音。

發音重點 嘴巴微張，發出有點類似注音ㄋㄧ的短音，請參考MP3。

書寫體

Ń ń

koń

（馬）

jesień 秋天

słoń 大象

państwo 國家

dzień 天

leń 懶惰蟲

korzeń （植物的）根

MP3 | 085

Ale z niego leń!

他真是個懶惰蟲！

Dzień
01

Dzień
02

Dzień
03

Dzień
04

Dzień
05

Dzień
06

Dzień
07

特殊字母：Ą、Ć、Ę、Ł、Ń、Ó、Ś、Ż、Ź

Óó

 發音　　×

發音重點

嘴唇往前，呈現O的形狀，發出類似注音ㄨ的音，請參考MP3。

書寫體

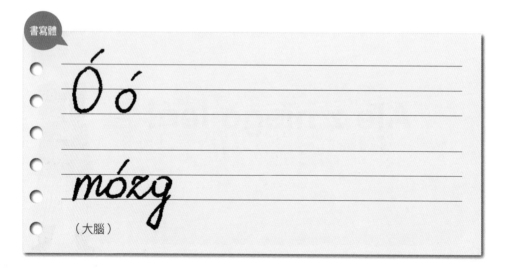

Óó

mózg

（大腦）

mrówka 螞蟻

miód 蜂蜜

król 王

stół 桌子

skóra 皮膚

wieczór 晚上

MP3 | 088

Dziś wieczór jest chłodny.

今天晚上有點涼快。

Dzień 01

Dzień 02

Dzień 03

Dzień 04

Dzień 05

Dzień 06

Dzień 07

特殊字母：Ą、Ć、Ę、Ł、Ń、Ó、Ś、Ż、Ź

發音 類似ㄒ的短音。

發音重點 嘴角微微往兩邊張開，牙齒緊閉，舌頭輕觸前排牙齒，發出類似注音ㄒ的短音，請參考MP3。

書寫體

Ś ś

śnieg

（雪）

świat 世界

świnia 豬

świeczka 蠟燭

śmieci 垃圾

ślub 婚禮

kościół 教堂

MP3 | 091

Biorę ślub!

我要結婚了！

Dzień 01

Dzień 02

Dzień 03

Dzień 04

Dzień 05

Dzień 06

Dzień 07

特殊字母：Ą、Ć、Ę、Ł、Ń、Ó、Ś、Ż、Ź

發音 類似ㄓ。

發音重點 嘴唇微張，牙齒緊閉，發出類似注音ㄓ的音，請參考MP3。

注意 濁音 ż 如果在單詞的後面，以及在清音的前面或後面（清音為 p、t、k、f、s、ś、sz、c、ć、cz、ch / h），會變為清音 sz（ㄕ）。例如：też（也）發音為 te[sz]；książka（書）發音為 ksią[sz]ka。

書寫體

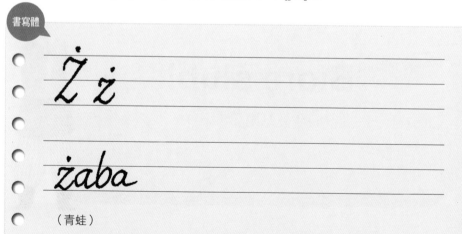

Ż ż

żaba

（青蛙）

żona 老婆

mąż 老公

żart 笑話

żółw 烏龜

żarówka 燈泡

życie 生活

MP3│094

To był tylko żart.

這只是笑話。

Dzień
01

Dzień
02

Dzień
03

Dzień
04

Dzień
05

Dzień
06

Dzień
07

特殊字母：Ą、Ć、Ę、Ł、Ń、Ó、Ś、Ż、Ź

發音 類似ㄐㄧ。

發音重點 嘴巴微張，發出近似注音ㄐㄧ的音，請參考MP3。

注意 濁音 ź 如果在單詞的後面、以及在清音的前面或後面（清音為 p、t、k、f、s、ś、sz、c、ć、cz、ch／h），會變為清音 ś（ㄒ）。例如：gałąź（樹枝）發音為 gałą[ś]。

書寫體

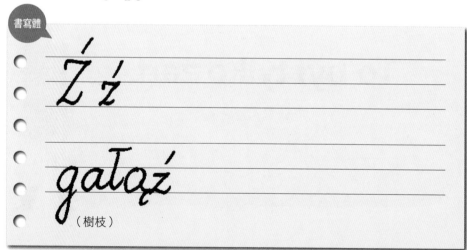

Ź ź

gałąź

（樹枝）

źle 不好

źrenica 瞳孔

źródło 來源 / 水源

źrebak 小馬

październik 十月

Źle się czuję.

我覺得不舒服。

Dzień 01

Dzień 02

Dzień 03

Dzień 04

Dzień 05

Dzień 06

Dzień 07

一、請仔細聆聽字母的發音，然後寫下字母的大小寫。　　　　MP3|098

1.＿＿＿＿＿＿＿＿＿＿＿＿　　5.＿＿＿＿＿＿＿＿＿＿＿＿

2.＿＿＿＿＿＿＿＿＿＿＿＿　　6.＿＿＿＿＿＿＿＿＿＿＿＿

3.＿＿＿＿＿＿＿＿＿＿＿＿　　7.＿＿＿＿＿＿＿＿＿＿＿＿

4.＿＿＿＿＿＿＿＿＿＿＿＿

二、連連看，還記得這些單詞的意思嗎？
　　試著把中文和波蘭文連在一起。

1. samochód ·　　　　　　　·老公

2. Polska　　·　　　　　　·愛情

3. rower　　·　　　　　　·行李箱

4. noc　　　·　　　　　　·夜

5. torebka　·　　　　　　·波蘭

6. walizka　·　　　　　　·汽車

7. zegar　　·　　　　　　·雪

8. mąż　　　·　　　　　　·自行車

9. miłość　　·　　　　　　·不好

10. stół　　·　　　　　　·包包

11. śnieg　　·　　　　　　·桌子

12. źle　　　·　　　　　　·鐘錶

解答P197

認識波蘭

波蘭旅遊

　　一般人去歐洲旅遊，通常會優先選擇法國、義大利、英國等較熱門的國家，波蘭並不是首選，但若只是因為不熟悉波蘭，而把她從旅遊清單中劃掉，那真的是太可惜了！

　　波蘭有著非常豐富的旅遊資源，喜歡歷史古蹟的朋友，可以造訪境內的世界文化遺產，例如，華沙（Warszawa）和克拉科夫舊城（Kraków）、馬爾堡城堡（Zamek Krzyżacki w Malborku）、維利奇卡鹽礦（Kopalnia Soli w Wieliczce i Bochni）等。喜歡大自然的朋友，則可以造訪南部的扎科帕內（Zakopane），這裡是神祕的度假天堂，與瑞士山景相比，有過之而無不及。

　　喜歡美食的朋友，當然也不會失望！以台灣人的口味來說，絕大部分的波蘭食物都不會太古怪，味道和鹹淡都很恰當，絕對能符合大家的胃口！而且食物的選擇眾多，例如，波蘭水餃、番茄湯、波蘭豬排、各式起司等。

　　最重要的是，波蘭的物價，比起歐洲其他旅遊興盛的國家，實在是親民太多了！來到波蘭旅行，不需要龐大的預算，就能享盡十足的歐洲風情。波蘭食物的價格和台灣差不多；住宿方面，不到台幣2,000元就可以住到很舒適的飯店。相較於其他旅費動輒超過台幣10萬的歐洲國家，波蘭真的是旅遊歐洲很棒的選擇。

　　喜歡美妝品的朋友，波蘭也一定是個聖地！這裡有許多有機的保養品牌，不但天然，而且有效！所有產品的成分都符合歐盟標準，值得信賴。波蘭在近幾年也躍身成為世界級的美妝大國，有許多世界知名的大牌，如「Ziaja」，來到波蘭不多買一些美妝品，真的太可惜了！

雖然波蘭人平常看起來似乎面無表情，但只要主動和他們互動，就會發現他們也是很熱情的喔！出外旅行的遊客需要什麼協助，大膽問當地人就對了。

到目前為止，去波蘭旅行的人還不算太多，因此當地的文化，很幸運地也還沒有因外地遊客影響而改變。我們也發現，世界上有越來越多的人，開始選擇來波蘭玩囉！如果想體驗原汁原味的波蘭風情，就趁著現在親自來波蘭走一趟吧。！

第 3 天　學習發音（三）

- 特殊發音「CZ、CI、DZ、DŻ、DZI、DŹ、SZ、SI、NI、ZI」
- 相同發音「U／Ó、H／CH、RZ／Ż」

特殊 ： CZ、CI、DZ、DŻ、DZI、
發音   DŹ、SZ、SI、NI、ZI

Cz cz

 ㄔ

 嘴唇張開，發出類似注音ㄔ的音，請參考MP3。

書寫體

Cz cz

czosnek

（大蒜）

例子

czas 時間

czekolada 巧克力

czapka 帽子

człowiek 人

paczka 包裹

kaczka 鴨子

Nie mam czasu.

我沒有時間。

Dzień 01
Dzień 02
Dzień 03
Dzień 04
Dzień 05
Dzień 06
Dzień 07

特殊：CZ、CI、DZ、DŻ、DZI、
發音：DŹ、SZ、SI、NI、ZI

Ci ci

發音 類似くー。

發音
重點 嘴角微微往兩邊拉開，發出類似注音くー的音，請參考MP3。

書寫體

Ci ci

ciasto

（蛋糕）

cień 影子

ciastko 餅乾

ciało 身體

ciarki 雞皮疙瘩

ciemno 黑暗

bracia 兄弟們

Mam ciarki.

我有雞皮疙瘩。

Dzień 01

Dzień 02

Dzień 03

Dzień 04

Dzień 05

Dzień 06

Dzień 07

MP3 | 105

特殊發音：CZ、CI、DZ、DŻ、DZI、DŹ、SZ、SI、NI、ZI

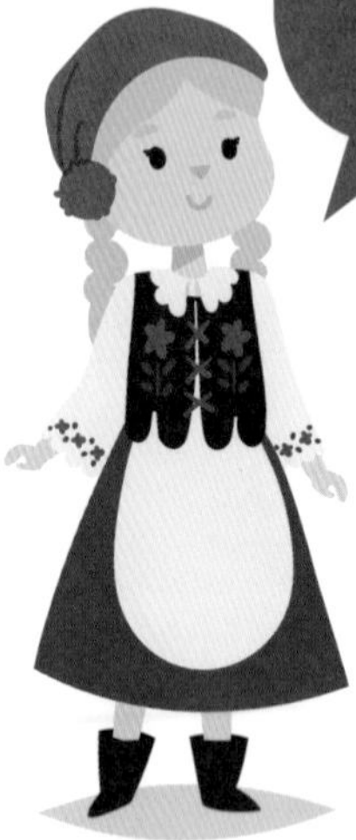

Dz dz

發音

ㄗ

發音重點

嘴巴微張，牙齒緊閉，舌頭輕觸前排牙齒，發出類似注音ㄗ的音，請參考MP3。

注意

濁音dz如果出現在單詞的最後、以及在清音的前面或後面（清音為p、t、k、f、s、ś、sz、c、ć、cz、ch / h），會變為清音c（ㄘ）。例如：widz（一個觀眾）發音為wi[c]。

書寫體

Dz dz

dzbanek

（茶壺）

MP3|106

dzwon 鈴

pędzel 毛筆

pieniądze 錢

wiedza 知識

kukurydza 玉米

rodzynki 葡萄乾

MP3|107

Zarabiam pieniądze.

我賺錢。

Dzień
01

Dzień
02

Dzień
03

Dzień
04

Dzień
05

Dzień
06

Dzień
07

特殊 : CZ、CI、DZ、DŻ、DZI、
發音 : DŹ、SZ、SI、NI、ZI

Dż dż

發音 類似ㄓ。

發音重點 嘴巴微張,發出類似注音ㄓ的音,請參考MP3。

注意 濁音dż如果出現在單詞的最後、以及在清音的前面或後面(清音為 p、t、k、f、s、ś、sz、c、ć、cz、ch / h),會變為清音cz(ㄔ)。 例如:brydż(橋牌)發音為bry[cz]。

書寫體

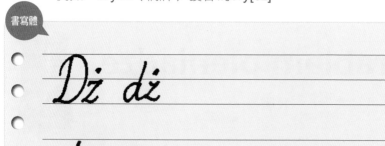

Dż dż

dżem

(果醬)

dżungla 叢林

dżinsy 牛仔褲

dżentelmen 紳士

dżokej 騎師

dżdżownica 蚯蚓

brydż 橋牌

MP3｜110

Lubisz dżem truskawkowy?

你喜歡草莓果醬嗎？

Dzień **01**

Dzień **02**

Dzień **03**

Dzień **04**

Dzień **05**

Dzień **06**

Dzień **07**

特殊
發音
CZ、CI、DZ、DŻ、DZI、
DŹ、SZ、SI、NI、ZI

Dzi dzi

發音 類似ㄐㄧ。

**發音
重點** 嘴角微微往兩邊拉開，發出類似注音ㄐㄧ的音，請參考MP3。

書寫體

Dzi dzi

dziecko

（孩子）

dziadek 外公 / 爺爺

dzielnica 地區

dzik 野豬

dziękuję 謝謝

dzieło 傑作

odzież 服裝

MP3 | 113

Dziękuję za pomoc.

謝謝幫助。

 Dzień 01

 Dzień 02

 Dzień 03

 Dzień 04

 Dzień 05

 Dzień 06

 Dzień 07

特殊
發音：CZ、CI、DZ、DŻ、DZI、
DŹ、SZ、SI、NI、ZI

Dź dź

發音　類似ㄐ的短音。

發音重點　嘴巴微張，發出類似注音ㄐ的短音，請參考MP3。

注意　濁音dź如果出現在單詞的最後、以及在清音的前面或後面（清音為 p、t、k、f、s、ś、sz、c、ć、cz、ch / h），會變為清音ć（ㄑ）。
例如：miedź（銅）發音為mie[ć]。

書寫體

Dź dź

niedźwiedź

（熊）

dźwig 起重機

dźwięk 音

gwóźdź 釘子

odpowiedź 答案

łabędź 天鵝

miedź 銅

MP3│116

Poprawna odpowiedź.

正確的答案。

 Dzień 01

 Dzień 02

 Dzień 03

 Dzień 04

 Dzień 05

 Dzień 06

 Dzień 07

特殊：CZ、CI、DZ、DŻ、DZI、
發音　DŹ、SZ、SI、NI、ZI

Sz sz

 發音

ㄕ

 發音重點

....

嘴巴微張，嘴唇往前，發出類似注音ㄕ的音，請參考MP3。

書寫體

Sz sz

szafa

（衣櫃）

例子

szynka 火腿

sznurek 繩子

szef 老闆

szampon 洗髮精

koszula 襯衫

mysz 小老鼠

Ta koszula jest za duża.

這件襯衫太大。

Dzień 01
Dzień 02
Dzień 03
Dzień 04
Dzień 05
Dzień 06
Dzień 07

特殊
發音：CZ、CI、DZ、DŻ、DZI、
DŹ、SZ、SI、NI、ZI

Si si

 發音　類似ㄒㄧ。

 發音重點　嘴巴緊閉，發出類似注音ㄒㄧ的音，但不要太長，請參考MP3。

書寫體

Si si

siatka

（購物袋）

siła 力量 / 力氣

siatkówka 排球

sierpień 八月

siniak 瘀青

miesiąc 月份

sąsiad 鄰居

MP3│122

Mój sąsiad jest lekarzem.

我的鄰居是醫生。

 Dzień 01
 Dzień 02
 Dzień 03
 Dzień 04
 Dzień 05
 Dzień 06
 Dzień 07

特殊發音：CZ、CI、DZ、DŻ、DZI、DŹ、SZ、SI、NI、ZI

Ni ni

發音 類似ㄋㄧ。

發音重點 嘴巴微張，發出類似注音ㄋㄧ的音，請參考MP3。

書寫體

Ni ni

nietoperz

（蝙蝠）

niania 保母

niedziela 星期日

niebo 天

Niemcy 德國

anioł 天使

pani 小姐

MP3 | 125

Dzisiaj jest niedziela

今天是星期日。

 Dzień 01

 Dzień 02

 Dzień 03

 Dzień 04

 Dzień 05

 Dzień 06

 Dzień 07

特殊 CZ、CI、DZ、DŻ、DZI、
發音 DŹ、SZ、SI、NI、ZI

Zi zi

發音 類似ㄒㄧ。

發音重點 嘴巴微張,牙齒緊閉,發出類似注音ㄒㄧ的音,請參考MP3。

書寫體

Zi zi

ziemniak

(馬鈴薯)

zima 冬天

ziemia 地球 / 土地

zielony 綠的

zimny 冷的

zioła 草本植物

poziom 水平 / 程度

MP3 | 128

Zielony to mój ulubiony kolor.

綠色是我最喜歡的顏色。

Dzień 01

Dzień 02

Dzień 03

Dzień 04

Dzień 05

Dzień 06

Dzień 07

相同發音：U / Ó、H / CH、RZ / Ż

波蘭文有3組發音相同的字母組合，分別為：U / Ó、H / CH、RZ / Ż。

U u / Ó ó

發音 ╳

發音重點

嘴唇往前，呈現O的形狀，發出類似注音ㄨ的音，請參考MP3。

書寫體

Uu Óó

półnuta

（二分音符）

umowa 合約

ulewa 大雨

udo 大腿

ósmy 第八個

komórka 手機

ołówek 鉛筆

To już ósma ulewa dzisiaj.

這已經是今天第八場大雨。

 Dzień 01

 Dzień 02

 Dzień 03

 Dzień 04

 Dzień 05

 Dzień 06

 Dzień 07

相同發音：U / Ó、H / CH、RZ / Ż

H h / Ch ch

 發音

ㄏ

發音重點

嘴巴稍微張開，發出類似注音ㄏ的音，請參考MP3。

書寫體

$\mathscr{H}$ h Ch ch

chmura

（雲）

bohater 英雄

harfa 豎琴

hotel 旅館

chleb 麵包

choroba 疾病

charakter 個性

MP3|134

Bohater kupił chleb.

英雄買了麵包。

Dzień
01

Dzień
02

Dzień
03

Dzień
04

Dzień
05

Dzień
06

Dzień
07

相同發音：U / Ó、H / CH、RZ / ż

Rz rz / ż ż

發音 ㄓ

發音重點 嘴巴微張，牙齒緊閉，發出類似注音ㄓ的音，不要用喉嚨，用嘴腔前方發音，請參考MP3。

注意 rz / ż 如果在單詞的最後面、以及在清音的前面或後面（清音為 p、t、k、f、s、ś、sz、c、ć、cz、ch / h），會變成清音 sz（ㄕ）。例如：mąż（老公），發音為 mą[sz]；krzesło（椅子），發音為 k[sz]esło。

書寫體

$Rz \; rz \; \dot{Z} \; \dot{z}$

żołnierz

（軍人）

rzeka 河

rząd 政府

warzywa 蔬菜

żyrafa 長頸鹿

żebra 肋骨

róża 玫瑰

MP3 | 137

Żyrafa je warzywa.

長頸鹿吃蔬菜。

Dzień 01

Dzień 02

Dzień 03

Dzień 04

Dzień 05

Dzień 06

Dzień 07

一、請仔細聆聽字母的發音，然後寫下字母的大小寫。　　　MP3 138

1. _____　5. _____

2. _____　6. _____

3. _____　7. _____

4. _____

二、連連看，還記得這些單詞的意思嗎？
　　試著把中文和波蘭文連在一起。

1. czas　　　　　·　　　　　　·衣櫃

2. pieniądze　·　　　　　　·冬天

3. dżinsy　　　·　　　　　　·手機

4. ciasto　　　·　　　　　　·謝謝

5. dziękuję　　·　　　　　　·河

6. szafa　　　·　　　　　　·錢

7. siatka　　　·　　　　　　·蛋糕

8. Niemcy　　·　　　　　　·牛仔褲

9. zima　　　·　　　　　　·麵包

10. komórka　·　　　　　　·時間

11. chleb　　　·　　　　　　·德國

12. rzeka　　　·　　　　　　·購物袋

解答P198

波蘭人的性格

由於波蘭在歷史上，曾經多次遭到列強入侵，甚至被瓜分，因此對波蘭人來說，歷史是非常重要的，所以他們特別注重歷史教育。而波蘭在歷經種種苦難，能一次次重新站起來，這也突顯了他們團結堅毅的民族性格。

對大部分的波蘭人來說，家庭觀念十分重要，因此家庭是第一優先，沒有任何事情比家人重要。而成年後的子女，依舊會與父母同住，是稀鬆平常的事情。

前面提過，雖然波蘭人給人的第一印象冷冰冰，但其實波蘭人是友善的，只要你勇於和波蘭人互動，和他們交朋友並不難喔！就算是兩個彼此不認識的波蘭人，在搭電梯時，也是會互相打招呼和告別呢。

波蘭也是個敬老尊賢的國家，與較為年長的人互動時，會以尊敬的方式稱呼他們「pan」（男性的「您」）或「pani」（女性「您」）。波蘭也有禮讓的風氣，在車上讓座給老人和婦女是很常見的。波蘭男性整體來說，仍保有著傳統的禮儀，例如，幫女性開門讓她先進門、幫忙提重物等。在聚會的場合，通常會先介紹人給女方認識，再介紹給男方認識。

波蘭人同時重視誠實的美德，喜歡直來直往、有話直說的表達方式。他們不會刻意隱瞞自己的想法和情緒，所以在和波蘭人互動時，不必特別去猜想他們心中真正的想法到底是什麼。

天主教在波蘭的社會之中，扮演著重要的角色。有超過90%的波蘭人信仰天主教，天主教也在文化、政治、生活之中，有著廣大的影響力。許多宗教節日被定為波蘭的國定假日，最重要的節日是聖誕節，這一天也是家族團圓的日子。

波蘭人習慣以握手的方式打招呼，如果男人和女人握手，等女人先伸出手比較有禮貌。和熟人見面時，波蘭人也可能會擁抱或親對方臉頰，一般來說是親3次。

　　到波蘭人家裡做客，準備一些小禮物，是比較禮貌的。但千萬不要送錢，這會被視為無禮的舉動。波蘭流行送花給別人，但要小心不要送黃菊花，因為這是喪禮用花。

第4天　學習重要生活單字

- ■ 數字與時間
- ■ 家庭和身分
- ■ 飲食和用具
- ■ 天氣、愛好、生活用品

1 | liczby i czas
數字與時間

（1）liczby 數字：

波蘭文	音節	中文
zero	ze-ro	零
jeden	je-den	一
dwa	dwa	二
trzy	trzy	三
cztery	czte-ry	四
pięć	pięć	五
sześć	sześć	六
siedem	sie-dem	七
osiem	o-siem	八
dziewięć	dzie-więć	九
dziesięć	dzie-sięć	十
jedenaście	je-de-na-ście	十一
dwanaście	dwa-na-ście	十二
trzynaście	trzy-na-ście	十三
czternaście	czter-na-ście	十四
piętnaście	pięt-na-ście	十五
szesnaście	szes-na-ście	十六
siedemnaście	sie-dem-na-ście	十七
osiemnaście	o-siem-na-ście	十八
dziewiętnaście	dzie-więt-na-ście	十九

dwadzieścia	dwa-dzieś-cia	二十
dwadzieścia jeden	dwa-dzieś-cia je-den	二十一
trzydzieści	trzy-dzieś-ci	三十
czterdzieści	czter-dzieś-ci	四十
pięćdziesiąt	pięć-dzie-siąt	五十
sześćdziesiąt	sześć-dzie-siąt	六十
siedemdziesiąt	sie-dem-dzie-siąt	七十
osiemdziesiąt	o-siem-dzie-siąt	八十
dziewięćdziesiąt	dzie-więć-dzie-siąt	九十
sto	sto	一百
tysiąc	ty-siąc	一千
milion	mi-lion	一百萬

自我測驗

請寫下下列數字的波蘭文。

8 _____

13 _____

25 _____

49 _____

65 _____

77 _____

110 _____

解答P199

（2）czas 時間：

波蘭文	音節	中文	詞性
sekunda	se-kun-da	秒	陰
minuta	mi-nu-ta	分鐘	陰
godzina	go-dzi-na	小時	陰
dzień	dzień	天	陽
tydzień	ty-dzień	星期	陽
miesiąc	mie-siąc	月	陽
rok	rok	年	陽

波蘭文	音節	中文
kiedy?	kie-dy?	什麼時候？
teraz	te-raz	現在
dzisiaj	dzi-siaj	今天
wczoraj	wczo-raj	昨天
jutro	ju-tro	明天
wcześniej	wcze-śniej	早一點
później	pó-źniej	晚一點
rano	ra-no	在早上 （如同英文的in the morning）
po południu	po po-łu-dniu	在下午 （如同英文的in the afternoon）
wieczorem	wie-czo-rem	在晚上 （如同英文的in the evening）
w nocy	w no-cy	在夜晚 （如同英文的at night）

（3）tydzień 星期：

波蘭文	音節	中文	詞性	在星期幾
poniedziałek	po-nie-dzia-łek	星期一	陽	w poniedziałek （如同英文的on Monday）
wtorek	wto-rek	星期二	陽	we wtorek （如同英文的on Tuesday）
środa	śro-da	星期三	陰	w środę （如同英文的on Wednesday）
czwartek	czwar-tek	星期四	陽	w czwartek （如同英文的on Thursday）
piątek	pią-tek	星期五	陽	w piątek （如同英文的on Friday）
sobota	so-bo-ta	星期六	陰	w sobotę （如同英文的on Saturday）
niedziela	nie-dzie-la	星期日	陰	w niedzielę （如同英文的on Sunday）
weekend	wee-kend	週末	陽	w weekend （如同英文的on the weekend）

＊「在星期幾」的文法規則請參考P164的「對格」（biernik）

★請注意

　　前面的「w」和後面的星期，唸的時候應該要連在一起，產生連音（請參考MP3）。也請記得，「w」在清音的前面或後面，會從濁音變為清音f（ㄈ），例如：w czwartek發音為[f]czwartek。

（4）miesiące　月：

波蘭文	音節	中文	詞性
styczeń	sty-czeń	一月	陽
luty	lu-ty	二月	陽
marzec	ma-rzec	三月	陽
kwiecień	kwie-cień	四月	陽
maj	maj	五月	陽
czerwiec	czer-wiec	六月	陽
lipiec	li-piec	七月	陽
sierpień	sier-pień	八月	陽
wrzesień	wrze-sień	九月	陽
październik	pa-ździer-nik	十月	陽
listopad	li-sto-pad	十一月	陽
grudzień	gru-dzień	十二月	陽

❀ 說說看

A：**Kiedy masz czas?**　　　　　　　　　　你什麼時候有時間？

B：**We wtorek rano i w czwartek po południu.**　星期二早上和星期四下午。

A：**Masz czas w sobotę?**　　　　　　　　你星期六有時間嗎？

B：**Nie.**　　　　　　　　　　　　　　　沒有。

＊更多關於「mieć / 有」動詞的規則，請參考P162。

2 | rodzina i praca
家庭和身分

（1）rodzina 家庭： MP3 | 144

波蘭文	音節	中文	詞性
żona	żo-na	老婆	陰
mąż	mąż	老公	陽
małżonkowie	mał-żon-ko-wie	夫妻	複數
dziecko	dziec-ko	孩子	中
mama	ma-ma	媽媽	陰
tata	ta-ta	爸爸	陽
rodzice	ro-dzi-ce	父母	複數
siostra	sio-stra	姊妹	陰
brat	brat	兄弟	陽
rodzeństwo	ro-dzeń-stwo	兄弟姊妹	中
babcia	bab-cia	外婆／奶奶	陰
dziadek	dzia-dek	外公／爺爺	陽
wnuczka	wnu-czka	孫女	陰
wnuk	wnuk	孫子	陽
teściowa	te-ścio-wa	婆婆／岳母	陰
teść	teść	公公／岳父	陽
teściowie	te-ścio-wie	公婆／岳父母	複數
ciocia	cio-cia	嬸嬸／姑姑／阿姨	陰
wujek	wu-jek	叔叔／伯伯／舅舅	陽
kuzynka	ku-zyn-ka	表姊妹／堂姊妹	陰
kuzyn	ku-zyn	表兄弟／堂兄弟	陽

Dzień
01

Dzień
02

Dzień
03

Dzień
04

Dzień
05

Dzień
06

Dzień
07

（2）inne 其他：

波蘭文	音節	中文	詞性
dziewczyna	dzie-wczy-na	女朋友	陰
chłopak	chło-pak	男朋友	陽
narzeczona / narzeczony	na-rze-czo-na / na-rze-czo-ny	未婚妻 / 未婚夫	陰 / 陽
wolna / wolny	wol-na / wol-ny	單身的 （女 / 男）	陰 / 陽
zaręczona / zaręczony	za-rę-czo-na / za-rę-czo-ny	訂婚的 （女 / 男）	陰 / 陽
zamężna	za-męż-na	已婚（女）	陰
żonaty	żo-na-ty	已婚（男）	陽
rozwiedziona / rozwiedziony	roz-wie-dzio-na / roz-wie-dzio-ny	離婚的 （女 / 男）	陰 / 陽

說說看

　　波蘭語的單數形容詞分成陰性、陽性及中性，還有單、複數的區別。另外，介紹自己的家人時，請注意物主代詞（請參考P155）。

To jest moja żona / mama / córka.　　這是我的老婆 / 媽媽 / 女兒。

To jest mój mąż / chłopak / brat.　　這是我的老公 / 男朋友 / 兄弟。

To jest moje dziecko.　　這是我的孩子。

（3）zawody　職業：

波蘭文的職業稱呼，有的有分陰性及陽性，有的不分。

① biznes　商業：

MP3 | 147

波蘭文	音節	中文	詞性
księgowa / księgowy	księ-go-wa / księ-go-wy	會計師 （女／男）	陰／陽
biznesmen	bi-znes-men	商人	陽
menadżerka / menadżer	me-na-dżer-ka / me-na-dżer	經理 （女／男）	陰／陽
dyrektorka / dyrektor	dy-rek-tor-ka / dy-rek-tor	主任 （女／男）	陰／陽
pracownik biurowy	pra-co-wnik biu-ro-wy	辦事員	陽

② nauka i technologia　科技：

MP3 | 148

波蘭文	音節	中文	詞性
informatyk	in-for-ma-tyk	電腦科學家	陽
programista	pro-gra-mi-sta	程序員	陽
naukowiec	na-u-ko-wiec	科學家	陽
profesor	pro-fe-sor	教授	陽
fizyk	fi-zyk	物理學家	陽
chemik	che-mik	化學家	陽
biolog	bio-log	生物學家	陽
architekt	ar-chi-tekt	建築師	陽
inżynier	in-ży-nier	工程師	陽

Dzień 01

Dzień 02

Dzień 03

Dzień 04

Dzień 05

Dzień 06

Dzień 07

③ **sztuki twórcze** 寫作和藝術：

波蘭文	音節	中文	詞性
artystka / artysta	ar-ty-stka / ar-ty-sta	藝術家 （女 / 男）	陰 / 陽
aktorka / aktor	a-ktor-ka / a-ktor	演員 （女 / 男）	陰 / 陽
tancerka / tancerz	tan-cer-ka / tan-cerz	舞蹈者 （女 / 男）	陰 / 陽
muzyk	mu-zyk	音樂家	陽
kompozytorka / kompozytor	kom-po-zy-tor-ka / kom-po-zy-tor	作曲家 （女 / 男）	陰 / 陽
projektantka mody / projektant mody	pro-jek-tant-ka mo-dy / pro-jek-tant mo-dy	時裝設計師 （女 / 男）	陰 / 陽
malarka / malarz	ma-lar-ka / ma-larz	畫家 （女 / 男）	陰 / 陽
fotograf	fo-to-graf	攝影師	陽
pisarka / pisarz	pi-sar-ka / pi-sarz	作家 （女 / 男）	陰 / 陽
poetka / poeta	po-e-tka / po-e-ta	詩人 （女 / 男）	陰 / 陽

④ **rozrywka i media** 娛樂和媒體：

波蘭文	音節	中文	詞性
dziennikarka / dziennikarz	dzien-ni-kar-ka / dzien-ni-karz	記者（女 / 男）	陰 / 陽
modelka / model	mo-del-ka / mo-del	模特兒（女 / 男）	陰 / 陽
piosenkarka / piosenkarz	pio-sen-kar-ka / pio-sen-karz	歌手（女 / 男）	陰 / 陽
reżyserka / reżyser	re-ży-ser-ka / re-ży-ser	導演（女 / 男）	陰 / 陽

⑤ **porządek publiczny** 治安：

波蘭文	音節	中文	詞性
prawniczka / prawnik	praw-ni-czka / praw-nik	律師（女 / 男）	陰 / 陽
sędzia	sę-dzia	法官	陽
policjantka / policjant	po-li-cjant-tka / po-li-cjant	警察（女 / 男）	陰 / 陽
strażak	stra-żak	消防員	陽

Dzień 01

Dzień 02

Dzień 03

Dzień 04

Dzień 05

Dzień 06

Dzień 07

⑥ ochrona zdrowia 醫療：

波蘭文	音節	中文	詞性
dentystka / dentysta	den-ty-stka / den-ty-sta	牙醫 （女 / 男）	陰 / 陽
lekarka / lekarz	le-kar-ka / le-karz	醫生 （女 / 男）	陰 / 陽
położna / położny	po-łoż-na / po-ło-żny	助產士 （女 / 男）	陰 / 陽
pielęgniarka / pielęgniarz	pie-lę-gniar-ka / pie-lęg-niarz	護士 （女 / 男）	陰 / 陽
farmaceutka / farmaceuta	far-ma-ceu-tka / far-ma-ceu-ta	藥劑師 （女 / 男）	陰 / 陽
weterynarka / weterynarz	we-te-ry-nar-ka / we-te-ry-narz	獸醫 （女 / 男）	陰 / 陽

⑦ usługi 服務：

波蘭文	音節	中文	詞性
kasjerka / kasjer	ka-sjer-ka / ka-sjer	收銀員 （女 / 男）	陰 / 陽
fryzjerka / fryzjer	fry-zjer-ka / fry-zjer	理髮師 （女 / 男）	陰 / 陽
piekarz	pie-karz	麵包師	陽
kelnerka / kelner	kel-ner-ka / kel-ner	服務員 （女 / 男）	陰 / 陽
kucharka / kucharz	ku-char-ka / ku-charz	廚師 （女 / 男）	陰 / 陽
kierowca	kie-row-ca	司機	陽

⑧ **inne zawody** 其他職業：

波蘭文	音節	中文	詞性
nauczycielka / nauczyciel	na-u-czy-ciel-ka / na-u-czy-ciel	老師（女 / 男）	陰 / 陽
rolnik	rol-nik	農民	陽
tłumaczka / tłumacz	tłu-macz-ka / tłu-macz	翻譯（女 / 男）	陰 / 陽
listonoszka / listonosz	li-sto-nosz-ka / li-sto-nosz	郵差（女 / 男）	陰 / 陽
gospodyni domowa	go-spo-dy-ni do-mo-wa	家庭主婦	陰
emerytka / emeryt	e-me-ryt-ka / e-me-ryt	退休者（女 / 男）	陰 / 陽
bezrobotna / bezrobotny	bez-ro-bot-na / bez-ro-bot-ny	失業者（女 / 男）	陰 / 陽

❀ 說說看

Pracuję jako…   我做……工作。

→ **Pracuję jako fryzjer.**   我做理髮師的工作。（我是理髮師。）

→ **Pracuję jako projektantka mody.**   我做時裝設計師的工作。
　　　　　　　　　　　　　　　　　　　　　（我是時裝設計師。）

→ **Pracuję jako księgowy.**   我做會計師的工作。（我是會計師。）

3 | jedzenie i zastawa stołowa
飲食和用具

（1） posiłki　四餐：

MP3|156（橫向朗讀）

波蘭文	音節	中文	詞性	For餐
śniadanie	śnia-da-nie	早餐	中	na śniadanie （英文for breakfast的意思）
obiad	o-biad	午餐	陽	na obiad （英文for lunch的意思）
podwieczorek	pod-wie-czo-rek	下午茶	陽	na podwieczorek （英文for afternoon tea 的意思）
kolacja	ko-la-cja	晚餐	陰	na kolację （英文for supper的意思）

（2） miejsca　場所：

MP3|157

波蘭文	音節	中文	詞性
restauracja	re-stau-ra-cja	餐廳	陰
kawiarnia	ka-wiar-nia	咖啡廳	陰
bar mleczny	bar mle-czny	牛奶吧	陽
bar	bar	酒吧	陽

（3）smaki　口味：

MP3 | 158

波蘭文	音節	中文
słodki	słod-ki	甜
słony	sło-ny	鹹
ostry	o-stry	辣
gorzki	go-rzki	苦
kwaśny	kwa-śny	酸

（4）zastawa　餐具：

MP3 | 159

波蘭文	音節	中文	詞性
widelec	wi-de-lec	叉子	陽
łyżka	łyż-ka	湯匙	陰
nóż	nóż	刀子	陽
talerz	ta-lerz	盤子	陽
miska	mis-ka	碗	陰
kubek	ku-bek	杯子	陽
kieliszek	kie-li-szek	酒杯	陽

Dzień 01

Dzień 02

Dzień 03

Dzień 04

Dzień 05

Dzień 06

Dzień 07

（5）polskie potrawy　波蘭料理：

波蘭文	音節	中文	詞性
barszcz biały	barszcz bia-ły	白濃湯	陽
barszcz czerwony	barszcz czer-wo-ny	甜菜根湯	陽
żurek	żu-rek	酸湯	陽
zupa pomidorowa	zu-pa po-mi-do-ro-wa	番茄湯	陰
rosół	ro-sół	雞湯	陽
smalec	sma-lec	豬油	陽
golonka	go-lon-ka	豬腳	陰
kotlet schabowy	ko-tlet scha-bo-wy	炸豬排	陽
kiełbasa	kieł-ba-sa	香腸	陰
bigos	bi-gos	獵人燉飯	陽
gołąbki	go-łąb-ki	菜捲	複數
kaszanka	ka-szan-ka	波蘭血腸	陰
pierogi	pie-ro-gi	波蘭水餃	複數
naleśniki	na-le-śni-ki	薄餅	複數
kopytka	ko-pyt-ka	波蘭麵疙瘩	複數
placki ziemniaczane	plac-ki zie-mnia-cza-ne	馬鈴薯餅	複數

更多美味的波蘭料理請掃瞄QR Code觀賞我們的影片！

（6）jedzenie 食物：

波蘭文	音節	中文	詞性
chleb	chleb	麵包	陽
masło	ma-sło	奶油	中
ser	ser	起司	陽
ryż	ryż	米飯	陽
jogurt	jo-gurt	優格	陽
owoce	o-wo-ce	水果	複數
warzywa	wa-rzy-wa	蔬菜	複數
mięso	mię-so	肉	中
ryba	ry-ba	魚	陰
kurczak	kur-czak	雞肉	陽
wołowina	wo-ło-wi-na	牛肉	陰
wieprzowina	wiep-rzo-wi-na	豬肉	陰
zupa	zu-pa	湯	陰
sałatka	sa-ła-tka	沙拉	陰

（7）słodkości 甜點：

MP3｜162

波蘭文	音節	中文	詞性
czekolada	cze-ko-la-da	巧克力	陰
tort	tort	蛋糕	陽
ciastko	cia-stko	餅乾	中
lody	lo-dy	冰淇淋	複數
cukierki	cu-kier-ki	糖果	複數
faworki	fa-wor-ki	絲帶脆餅	複數
makowiec	ma-ko-wiec	罌粟籽蛋糕	陽
sernik	ser-nik	起司蛋糕	陽
pączki	pącz-ki	波蘭甜甜圈	複數
szarlotka	szar-lot-ka	波蘭蘋果派	陰

（8）napoje 飲料：

MP3｜163

波蘭文	音節	中文	詞性
woda	wo-da	水	陰
woda gazowana	wo-da ga-zo-wa-na	汽泡水	陰
sok	sok	果汁	陽
piwo	pi-wo	啤酒	中
wino	wi-no	葡萄酒	中
wódka	wód-ka	伏特加	陰
mleko	mle-ko	牛奶	中
kawa	ka-wa	咖啡	陰
herbata	her-ba-ta	茶	陰

（9）inne 其他：

波蘭文	音節	中文	詞性
cukier	cu-kier	白糖	陽
sól	sól	鹽巴	陰
pieprz	pieprz	胡椒	陽
sos	sos	醬	陽

🌸 說說看

Chcesz jeść? / Chcesz pić?	你要吃嗎？/ 你要喝嗎？
Co chcesz zjeść? /	你要吃什麼？/
Czego chcesz się napić?	你要喝什麼？
Jestem głodna. / Jestem głodny.	我餓了（女的）/ 我餓了（男的）。
Najadłam się. / Najadłem się.	我吃飽了（女的）/ 我吃飽了（男的）。
Smaczne. / Pyszne.	好吃。/ 非常好吃。
Smacznego!	祝你吃得開心！
Na zdrowie!	乾杯！

4 | pogoda, zainteresowania, przedmioty codziennego użytku

天氣、愛好、生活用品

（1）pogoda 天氣：

MP3 166

波蘭文	音節	中文
zimno	zi-mno	冷
chłodno	chło-dno	涼快
ciepło	cie-pło	暖
gorąco	go-rą-co	熱
pochmurno (chmura)	po-chmur-no (chmu-ra)	多雲（雲 [名詞]）
słonecznie (słońce)	sło-ne-cznie (słoń-ce)	晴天（太陽 [名詞]）
mroźno	mro-źno	冷冰冰
wietrznie (wiatr)	wietrz-nie (wiatr)	風天（風 [名詞]）
deszczowo (deszcz)	de-szczo-wo (deszcz)	雨天（雨 [名詞]）
śnieg	śnieg	雪（名詞）
burza	bu-rza	風暴雨（名詞）
mgła	mgła	霧（名詞）

在波蘭語中，習慣用副詞（przysłówek）來形容天氣，因此框內所列出的單字都是副詞，沒有詞性變化。

inne 其他：

MP3 167

波蘭文	音節	中文	詞性
pogoda	po-go-da	天氣	陰
prognoza pogody	pro-gno-za po-go-dy	天氣預報	陰
temperatura	tem-pe-ra-tu-ra	溫度	陰

波蘭文	音節	中文	詞性
stopień (celsjusza)	sto-pień (cel-sju-sza)	度（攝氏）	陽
niskie ciśnienie	ni-skie ci-śnie-nie	低氣壓	中
wysokie ciśnienie	wy-so-kie ci-śnie-nie	高氣壓	中
klimat	kli-mat	氣候	陽

❀ 說說看

MP3 | 168

如果想要表達今天天氣如何。

Jaka jest dzisiaj pogoda?　　　今天天氣怎麼樣？

→ **Jest chłodno.**　　　是涼快的。（副詞無詞性變化）

→ **Jest gorąco.**　　　是很熱的。（副詞無詞性變化）

→ **Pada deszcz.**　　　下雨。（＊原型動詞：padać 下）

→ **Pada śnieg.**　　　下雪。

→ **Pogoda jest wspaniała.**　　　天氣是非常好的。

　　如果要說明天的天氣會怎麼樣，把「jest」（現在他是～）換成
「będzie」（未來他會是～）。Będzie後面的動詞是原型的，例
如：będzie padać（會下雨）。

Jaka będzie jutro pogoda?　　　明天天氣會怎麼樣？

→ **Będzie słonecznie.**　　　會是晴天。（副詞無詞性變化）

→ **Będzie mroźno.**　　　會冷冰冰。（副詞無詞性變化）

→ **Będzie padać deszcz.**　　　會下雨。

→ **Będzie padać śnieg.**　　　會下雪。

→ **Pogoda będzie wspaniała.**　　　天氣會非常好。

Dzień 01

Dzień 02

Dzień 03

Dzień 04

Dzień 05

Dzień 06

Dzień 07

　　波蘭文的「stopień」（度），會隨著前面的數字變。請參考下面的例子。

　　如果是零下，前面應該加「minus」，後面有時候不會再加「stopień」。

　　如果是零上，不用特別加「plus」，除非要強調昨天零下，今天已經零上了。

+ / -1℃　　　　　**(plus / minus) jeden (stopień)**

+ / -2, 3, 4℃　　**(plus / minus) dwa, trzy, cztery (stopnie)**

（以及所有為20℃以上，結尾是2、3、4的溫度）

+ / -5～21℃　　**(plus / minus) pięć… (stopni)**

（以及所有為21℃以上，結尾是0、1、5、6、7、8、9的溫度）

Ile jest dzisiaj stopni?	今天幾度？
Ile będzie jutro stopni?	明天會幾度？
→ **+3℃**　　　**Trzy stopnie.**	三度。
→ **-17℃**　　　**Minus siedemnaście (stopni).**	零下十七度。
→ **+31℃**　　　**Trzydzieści jeden stopni.**	三十一度。
→ **-1*℃**　　　**Minus jeden (stopień).**	零下一度。

MP3 | 170

（2）zainteresowania　興趣：

① hobby　愛好：（皆為名詞）

波蘭文	音節	中文
sztuka	sztu-ka	藝術
szachy	sza-chy	下棋
gotowanie	go-to-wa-nie	做菜

波蘭文	音節	中文
taniec	ta-niec	舞蹈
majsterkowanie	maj-ster-ko-wa-nie	手工
sport	sport	運動
bieganie	bie-ga-nie	跑步
sztuki walki	sztu-ki wal-ki	武術
malarstwo	ma-lar-stwo	畫畫
fotografia	fo-to-gra-fia	攝影
czytanie	czy-ta-nie	看書
gry komputerowe	gry kom-pu-te-ro-we	打電動
pisanie	pi-sa-nie	寫作
śpiewanie	śpie-wa-nie	唱歌
muzyka	mu-zy-ka	音樂
nauka języków	na-u-ka ję-zy-ków	學外語
podróże	po-dró-że	旅行
moda	mo-da	時尚
makijaż	ma-ki-jaż	化妝

❀ 說說看

〈問愛好〉

MP3 171

如果想要表達今天天氣如何。

Jakie jest <u>twoje</u> hobby?　　你的愛好是什麼？

<u>Moje</u> hobby to…　　我的愛好是……。

→ **Moje hobby to moda.**　　我的愛好是時尚。

→ **Moje hobby to bieganie.**　　我的愛好是跑步。

→ **Nie mam hobby.**　　我沒有愛好。

（物主代詞的說明請參考P155）

Dzień 01

Dzień 02

Dzień 03

Dzień 04

Dzień 05

Dzień 06

Dzień 07

〈問對方喜歡什麼〉（關於陰陽中性的分類，請參考P143）

（男性的名詞）

MP3│172

Jaki jest twój ulubiony film?	你最喜歡的電影是什麼？
Mój ulubiony film to…	我最喜歡的電影是……。
Jaki jest twój ulubiony sport?	你最喜歡的運動項目是什麼？
Mój ulubiony sport to…	我最喜歡的運動項目是……。

（女性的名詞）

MP3│173

Jaka jest twoja ulubiona książka?	你最喜歡的書是什麼？
Moja ulubiona książka to…	我最喜歡的書是……。
Jaka jest twoja ulubiona muzyka?	你最喜歡的音樂是什麼？
Moja ulubiona muzyka to…	我最喜歡的音樂是……。

（3）przedmioty codziennego użytku
生活用品：

MP3│174

波蘭文	音節	中文	詞性
portfel	port-fel	錢包	陽
klucze	klu-cze	鑰匙	複數
plecak	ple-cak	背包	陽
torebka	to-reb-ka	包包	陰
telefon / komórka	te-le-fon / ko-mór-ka	電話 / 手機	陽 / 陰
komputer	kom-pu-ter	電腦	陽
słuchawki	słu-chaw-ki	耳機	複數
długopis	dłu-go-pis	筆	陽
zeszyt	ze-szyt	本子	陽
kubek	ku-bek	杯子	陽
chusteczka	chu-stecz-ka	面紙 / 手帕	陰
okulary	o-ku-la-ry	眼鏡	複數
łóżko	łóż-ko	床	中
krzesło	krze-sło	椅子	中
stół	stół	桌子	陽

波蘭的名人

　　雖然波蘭的人口不多，到目前只有將近4,000萬人，但波蘭卻有相當多的名人，且這些名人都在各自領域發光發熱，帶給世界相當大的貢獻。那麼，就在這邊簡單介紹幾位大家都耳熟能詳、卻不知他們居然是波蘭人的名人吧。

・哥白尼（Mikołaj Kopernik）（1473-1543）

　　哥白尼這位鼎鼎大名的天文學家，出生於波蘭的托倫（Toruń）。他同時也是數學家、經濟學家與醫生。哥白尼從小便接受良好的教育，後來提出了《天體運行論》（De revolutionibus orbium coelestium），打破大家過去所認為的「太陽繞著地球轉」的想法，以廣為人知的「日心說」（teoria heliocentryczna）震撼了當時的世界。

・蕭邦（Fryderyk Chopin）（1810-1849）

　　蕭邦出生於波蘭被列強瓜分時期，他是浪漫主義時期的作曲家與鋼琴家，被後世尊稱為「鋼琴詩人」。他在一生創作無數，也常常從波蘭民間音樂得到靈感，進行藝術創作。一直到今天，都被世界公認為偉大的音樂家。愛國的他，雖然死於法國，但在臨終之際，卻拜託自己的姊姊，一定要在他死後，把他的心臟送回波蘭。如今蕭邦的心臟，被封在華沙舊城區的教堂內，這也是去波蘭旅行時必訪的景點。

・瑪麗亞・斯克沃多夫斯卡・居禮（Maria Skłodowska - Curie）（1867-1934）

　　居禮夫人是舉世聞名的科學家，也是放射性研究的先驅。她拿過兩次諾貝爾獎（物理學獎及化學獎），不但是首位獲獎的女性，也是目前唯一一位獲得兩種不同領域的得獎人。她的研究成果，為後世帶來重大的影響。她也以祖國的名字——波蘭（Polska），為她所發現的元素「釙」（Po）命名。

‧若望‧保祿二世（Jan Paweł II）（1920-2005）

　　若望‧保祿二世的原名是卡羅爾‧沃伊蒂瓦（Karol Wojtyła），於1978年至2005年擔任教皇，在位期間相當受到世人的景仰與喜愛，也影響了歐洲的政局，間接協助推翻了許多國家的共產主義。如今到了波蘭，可以在很多地方看到他的雕像。甚至克拉科夫機場，就是以他為名的。

‧辛波絲卡（Wisława Szymborska）（1923-2012）

　　辛波絲卡是波蘭著名的詩人，於1996年獲得諾貝爾諾貝爾文學獎。她的作品風格幽默，關懷世人，常常以平凡生活為題，以詩意帶領大家走向浩瀚的寓意境界。作品中所帶到的戰爭與死亡的印象，如尤其經典。她的作品廣受國際歡迎，被視為是近代相當有代表性的詩人。

‧瓦伊達（Andrzej Wajda）（1926-2016）

　　瓦伊達是近代最有名的波蘭導演，也是波蘭電影學派的創始人之一，同時還是波蘭歷史上第一位獲得奧斯卡終身成就獎的電影大師。他所創作的許多電影如《灰燼與鑽石》（Popiół i diament）、《鐵人》（Człowiek z żelaza）、《卡廷慘案》（Katyń），都被視為是經典中的經典。

DZIEŃ 5

第 5 天　學習文法（一）

- 語法小提醒
- 陰陽中性的單數名詞
- 陰陽中性的單數形容詞
- 把形容詞和名詞組合起來

1 | 語法小提醒：7 種格

（1）單數形容詞：主格

　　波蘭文總共有7種格（przypadek）：主格（mianownik）、生格（dopełniacz）、與格（celownik）、對格（biernik）、造格（narzędnik）、前置格（miejscownik）和呼格（wołacz）。不論是名詞、代名詞、數字、形容詞、分詞都有這樣的「格變化」。

　　因為詞彙的變化繁多，我們這裡只介紹名詞和形容詞的「主格」（原型），還有與很多動詞可以一起搭配使用的名詞「對格」。但是學會這些，就足以造出簡單的句子，使用常見的動詞，與波蘭人進行日常生活中基礎的溝通，對波蘭語初學者而言是個很好的開始。

2 | 陰陽中性的單數名詞：主格

（1）單數名詞：主格

波蘭文的單數名詞，可分成陽性、陰性和中性。知道名詞是哪一種性很重要，因為前後的形容詞也必須隨著改變。但不用擔心！其實如何分辨名詞的性很簡單。只需要記住以下3個規則：

陽性	陰性	中性
子音	-a或-i	-o、-e、ę或-um

例如：

MP3 175（依詞性朗讀）

陽性		陰性		中性	
pies	狗	książka	書	dziecko	小孩
stół	桌子	lalka	娃娃	miasto	城市
komputer	電腦	torebka	包包	krzesło	椅子
deszcz	雨	chmura	雲	jezioro	湖泊
obraz	畫	pralka	洗衣機	zadanie	習題
widelec	叉子	bogini	女神	imię	名字
autobus	公車	pani	小姐	akwarium	魚缸

請在正確的地方打V。

名詞		陽性	陰性	中性
piłka	球			
słońce	太陽			
las	森林			
kot	貓			
rzeka	河			
muzeum	博物館			
samochód	汽車			

解答P199

❀ 例外的名詞

MP3 | 176

· 雖然後面有「-a」字母，但其實是陽性的名詞。
　例如：tata（爸爸）、mężczyzna（男人）等。

· 雖然後面沒有「-a」字母，但其實是陰性的名詞。
　例如：moc（力量）、miłość（愛情）等。

· 雖然後面沒有「-o」、「-e」，但其實是中性的名詞。
　例如：centrum（中心）。

（2）單數名詞：主格的指示代名詞─TEN、TA、TO 這個

MP3 | 177 （依詞性朗讀）

如果要用波蘭文說「這個」＋名詞，要記得指示代名詞也會隨著名詞的性而改變。

陽性	陰性	中性
ten	ta	to

例如：

陽性		陰性		中性	
ten sok	這果汁	ta kobieta	這個女人	to lustro	這個鏡子
ten rower	這個自行車	ta szminka	這個口紅	to okno	這扇窗戶
ten długopis	這支筆	ta sukienka	這個洋裝	to drzewo	這棵樹
ten chłopak	這個男生	ta firanka	這個窗簾	to piwo	這啤酒
ten kubek	這個杯子	ta gazeta	這份報紙	to morze	這片海
ten wiatrak	這個電風扇	ta burza	這場風暴雨	to jabłko	這顆蘋果
ten kolor	這個顏色	ta koszula	這件襯衫	to niemowlę	這個嬰兒

請在正確的地方打V。

名詞		ten	ta	to
basen	游泳池			
dziecko	小孩			
plecak	背包			
spódnica	裙子			
pani	小姐			
miasto	城市			
telefon	電話			

解答P199

Dzień 01
Dzień 02
Dzień 03
Dzień 04
Dzień 05
Dzień 06
Dzień 07

（3）單數名詞：主格的指示代名詞──TAMTEN、TAMTA、TAMTO 那個

如果要用波蘭文說「那個」＋名詞，指示代名詞其實很簡單。只要記住在ten、ta、to前面加「tam-」就可以。

陽性	陰性	中性
tamten	tamta	tamto

請在正確的地方打V。

名詞		tamten	tamta	tamto
drzewo	樹			
ryba	魚			
kawa	咖啡			
kamień	石頭			
imię	名字			
liceum	高中			
pan	先生			

解答P200

補充：在波蘭語中，男性複數或男女性複數，如先生們、夫妻等指示代名詞為ci / tamci、其他為te / tamte。例如：「ci rodzice」（這些 / 對父母）、「tamte warzywa」（那些蔬菜）。

3 | 陰陽中性的單數形容詞：主格

（1）單數形容詞：主格

波蘭文單數形容詞是**用來形容單數名詞**，而單數形容詞也分成陽性、陰性和中性，會隨著名詞的性而變化。

陽性	陰性	中性
-y或-i	-a或-ia	-e或-ie

◎如果陽性形容詞的結尾是「-y」，該怎麼變化呢？　　　　　　　　　MP3｜179

形容詞「dobry」（好的）是陽性。

・如果要把它改成陰性，只要將後面的「y」改成「a」。

　例如：dobra。

・如果要把它改成中性，就改成「e」。

　例如：dobre。

◎如果陽性形容詞結尾有「-i」，該怎麼變化呢？　　　　　　　　　MP3｜180

・第一種狀況，如果陽性形容詞字尾是「ki」或「gi」。

　要變成陰性的形容詞時，就會刪掉「i」加上「a」，變成「ka」和「ga」。

　例如：「słodki」（甜的）

　變成陰性的形容詞就會變成為słodka（陰性）。

　變成中性的時則不需要刪掉「i」，直接加上「e」，成為słodkie

　（中性）。

・還有其他的狀況，都是直接加上「a」。

　例如：「tani」（便宜的）

　變成陰性的形容詞就會成為tania。

　變成中性時則加「e」，成為tanie。

補充：大部分複數形容詞的變化（除了形容男性複數或男女性複數，比
　　　較複雜）跟單數中性形容詞的一樣為「-e / -ie」，例如：dobre
　　　pierogi（好吃的波蘭水餃）。

陽性		陰性		中性
dobry	好的	dobra		dobre
zły	不好的	zła		złe
mały	小的	mała		małe
duży	大的	duża		duże
niski	矮的	niska		niskie
wysoki	高的	wysoka		wysokie
smaczny	好吃的	smaczna		smaczne

請填入形容詞的陰陽中性變化。

陽性		陰性		中性	
długi	長的				
		krótka	短的		
				ciemne	暗的
jasny	亮的				
		szybka	快的		
				wolne	慢的
drogi	貴的				
		tania	便宜的		

解答P200

（2）更多形容詞

MP3｜181（橫向朗讀）

陽性		陰性	中性
gruby	胖的	gruba	grube
chudy	瘦的	chuda	chude
czysty	乾淨的	czysta	czyste
brudy	髒的	brudna	brudne
łatwy	簡單的	łatwa	łatwe
trudny	難的	trudna	trudne
lekki	輕的	lekka	lekkie
ciężki	重的	ciężka	ciężkie
cichy	安靜的	cicha	ciche
głośny	吵的	głośna	głośne
ładny	漂亮的	ładna	ładne
brzydki	不好看的	brzydka	brzydkie
nowy	新的	nowa	nowe
stary	舊的	stara	stare
ciekawy	有趣的	ciekawa	ciekawe
nudny	無聊的	nudna	nudne

Dzień 01

Dzień 02

Dzień 03

Dzień 04

Dzień 05

Dzień 06

Dzień 07

kolory　顏色

陽性		陰性	中性
czarny	黑色的	czarna	czarne
biały	白色的	biała	białe
brązowy	棕色的	brązowa	brązowe
szary	灰色的	szara	szare
zielony	綠色的	zielona	zielone
pomarańczowy	橘色的	pomarańczowa	pomarańczowe
fioletowy	紫色的	fioletowa	fioletowe
czerwony	紅色的	czerwona	czerwone
niebieski	藍色的	niebieska	niebieskie
żółty	黃色的	żółta	żółte

★請注意

有的，但不是所有形容詞如果前面加「nie」（不），就會變成反義詞。

例如：ładny（漂亮的）　⟷　nieładny（不漂亮的）

droga（貴的）　⟷　niedroga（不貴的）

dobre（好的）　⟷　niedobre（不好的）等等。

（3）單數形容詞：主格的疑問用詞──JAKI、JAKA、JAKIE 怎麼樣的、什麼樣的 MP3 | 184

當要問一個事物的狀態，而該事物為單數的主格時，例如，「怎麼樣的？」或「什麼樣的？」便可以使用「jaki、jaka、jakie」，他們也分成陰性、陽性及中性。

陽性	陰性	中性
jaki	jaka	jakie

❀ 模擬問答

Jaki? → ciężki（重的）　　Jaka? → ciężka　　Jakie? → ciężkie

Jaki? → cichy（安靜的）　Jaka? → cicha　　Jakie? → ciche

Jaki? → duży（大的）　　Jaka? → duża　　Jakie? → duże

補充：用於男性複數或男女性複數的疑問用詞「怎麼樣的？」為「jacy?」，
　　　其他複數形容詞和單數中性一樣，則用「怎麼樣的？」為「jakie?」。

試著寫出對應的問句。

① _____？ niebieski（藍色的）

② _____？ czyste（乾淨的）

③ _____？ czarny（黑色的）

④ _____？ nowa（新的）

⑤ _____？ krótka（短的）

⑥ _____？ stare（舊的）

解答P200

4 ｜ 把形容詞和名詞組合起來

　　現在已經有辦法説出簡單的句子。就來練習一下把形容詞和名詞組合起來吧！

（1）Co to jest? / Kto to jest?
　　這是什麼？／這是誰？

MP3｜185

・如果要用波蘭文問：「這是什麼？」，可以用這句話：Co to jest?
　回答的人可以説：To jest…（這是……）

　Co to jest?（這是什麼？）→ To jest…（這是……）

Co to jest?　　　→ **To jest biały pies.**

這是什麼？　　　　　　這是白色的狗。

・如果要用波蘭文問：「這是誰？」可以用這句話：Kto to jest?
　回答的人可以説：To jest…（這是……）

　Kto to jest?（這是誰？）→ To jest…（這是……）

Kto to jest?　　　→ **To jest mama.**

這是誰？　　　　　　　這是媽媽。

　　　　　　　請根據提示，完成對話。

① Co to jest? → （黑色的 / sukienka　洋裝）

② Co to jest? →（重的 / plecak 背包）

_____

③ Kto to jest? →（znany 有名的 / dziennikarka 記者）

_____

④ Co to jest? →（好吃的 / zupa 湯）

_____

⑤ Co to jest? →（舊的 / rower 自行車）

_____

⑥ Kto to jest? →（高的 / kobieta 女生）

_____

解答P201

（2）Jaki jest ten…? 這個…是怎麼樣的？　　MP3 186

　　如果要詢問某個東西或某個人的狀態，可以使用已經學會的「jaki、
jaka、jakie（單數疑問用詞）＋jest（是）＋ten、ta、to（單數指示代名
詞）」。

例如：

Jaki / jaka / jakie jest ten / ta / to… → Ten / ta / to… jest…
（這個……是怎麼樣的？）　　　　　（這個……是……。）

Jaki jest ten kot?　　　**→ Ten kot jest gruby.**
這個貓是怎麼樣的？　　　　　這個貓是胖的。

Jaka jest ta gazeta? → **Ta gazeta jest nudna.**

這個報紙是怎麼樣的？　　　　這個報紙是無聊的。

Jakie jest to muzeum? → **To muzeum jest małe.**

這個博物館是怎麼樣的？　　　這個博物館是小的。

請根據提示，完成對話。

① Jaki jest ten most（橋）？→（長的）

_____

② Jaka jest ta szminka（口紅）？→（紅的）

_____

③ Jakie jest to miasto（城市）？→（不好看的）

_____

④ _____

　→ Ten film jest ciekawy.（這部電影很有趣）

⑤ _____

　→ Ta chmura jest szara.（這個雲是灰色的）

⑥ _____

　→ To jabłko jest tanie.（這個蘋果是便宜的）

解答P201

（3）物主代詞：MÓJ、TWÓJ 我的、你的（單數）MP3 187

　　之前已經提過，因為波蘭文的單數形容詞和名詞分成陰性、陽性及中性，而加在單數形容詞或名詞前面的物主代詞「我的」、「你的」也分成3種。

　　單數的「我的」、「你的」後面所接的名詞僅限於單數，若是複數則另有規則。那麼單數的「我的」、「你的」怎麼說呢？

	我的	你的
陽性	mój	twój
陰性	moja	twoja
中性	moje	twoje

　　現在看看下面的小對話，結合我們已經學會的句型：

Kto to jest? 　　　　　　　　這是誰？
→ To jest mój brat. 　　　　　這是我的哥哥 / 弟弟。

Jaki jest twój brat? 　　　　　你的哥哥 / 弟弟是怎麼樣的？
→ Mój brat jest wysoki. 　　　我的哥哥 / 弟弟是高的。

Co to jest? 　　　　　　　　　這是什麼？
→ To jest moja spódnica. 　　這是我的裙子。

Jaka jest ta spódnica? 　　　這個裙子是怎麼樣的？
→ Ta spódnica jest krótka. 　這個裙子是短的。

請根據提示，完成對話。

① Co to jest? → （我的 / komputer 電腦）

_____

Jaki jest twój komputer? → （新的）

_____

② _____

→ To jest moje dziecko（這是我的小孩）

_____

→ Moje dziecko jest grube.（我的小孩是胖的）

③ Co to jest? → （我的 / koszula 襯衫）

_____

Jaka jest ta koszula? → （綠色的）

_____

④ _____

→ To jest mój kubek. （這是我的杯子）

_____

→ Ten kubek jest duży. （這個杯子是大的）

⑤ Kto to jest? → （我的 / siostra 姊妹）

_____

Jaka jest twoja siostra? → （矮的）

_____

解答P201

波蘭的美食

　　來到波蘭，絕對不可錯過這邊的美食。雖然口味和台灣差異甚大，但是卻十分地好吃。對短程旅行的遊客而言，絕對不會發生不知道該吃什麼的狀況。

　　波蘭人以麵包為主食，來到波蘭，一定有機會吃到各種麵包。對波蘭人來說，什麼樣的麵包才是好的麵包呢？最重要的判斷標準是，麵包一要夠硬、夠重！太輕、或是太過蓬鬆柔軟，都會被視為不好的麵包。

　　早餐的時候，波蘭人喜歡在麵包上放上各式配料，例如：起司、奶油、蜂蜜、火腿等，這就是波蘭版本的三明治，除了早餐之外，波蘭人也會吃三明治當晚餐。如果來到波蘭朋友家做客，可能要有心理準備，因為一天可能有兩餐都會是冷盤。

　　當然波蘭不只有三明治，喜歡熱食的朋友也一定不會失望！波蘭人喜歡吃肉，因此豬排也相當有名，鮮嫩而多汁的口感，很符合台灣人的口味。另外，像是薄餅和波蘭水餃，也都是不可錯過的波蘭經典美食。馬鈴薯則是波蘭料理中最常出現的食材，其他像是蘑菇和堅果也很常在波蘭料理中見到。

　　整體來說，波蘭菜口味偏鹹，也比較偏酸，因為許多料裡都喜歡以酸奶當佐料。波蘭人也喜歡在食物上加上香料，例如，胡椒和肉豆蔻等。

　　波蘭的湯也是絕對要試試看的！與台灣相比，波蘭的湯比較濃，所以通常波蘭人不會說「喝」湯，而是說「吃」湯。波蘭的湯大部分是以雞肉或牛肉為主材料，而湯底是以各種蔬菜熬煮成。將各種不同的配料加進湯底裡，就能做出不一樣的湯。讓人意想不到的是，波蘭人習慣在湯裡加麵條和馬鈴薯喔！到了波蘭，一定要嘗嘗看番茄湯、酸湯及甜菜根湯。

波蘭的蘋果也很有名，有各種品種和口味，值得一一品嚐。夏天的時候，可以吃到鮮美的草莓、覆盆子，搭配酸奶一起享用，真是一大享受！

　　波蘭人也喜歡在用餐時喝點美酒。伏特加是波蘭非常重要的酒，很多波蘭人認為，如果兩人沒有一起喝過伏特加，就不算是真正的朋友。波蘭民間也認為，喝伏特加能治病強身，特別是胡椒或堅果口味的伏特加，效果更好！

　　如果擔心伏特加太烈，也可以試試波蘭啤酒，種類多元應有盡有。波蘭的蜂蜜酒也很有名，香醇可口，也是很受歡迎的選擇。

第 6 天　學習文法（二）

- 人稱代名詞＋主要動詞＋對格
- -ić 動詞的現在式變化
- -eć 動詞的現在式變化
- -ać 動詞的現在式變化

1 人稱代名詞＋主要動詞：być（是）、mieć（有）＋對格（biernik）（現在式）

（1）人稱代名詞

MP3│188

波蘭文的動詞也會隨著代名詞、主詞的單複數及時態而改變。這個單元要介紹的，就是動詞的現在式變化。在認識動詞的變化之前，先看看波蘭文的代名詞吧。

單數		複數	
我	ja	我們	my
你	ty	你們	wy
他	on	他們	oni
她	ona	她們 / 它們	one
它	ono		

★請注意

MP3│189

on（他）、ona（她）、ono（它）、oni （他們）、one （她們 / 它們）指的不只是人的性別，也是帶有陰性、陽性及中性等詞性的代名詞。ono的「它」不是用於動物等名詞的代名詞，而是用於中性名詞。

例如：

Jaki jest ten chłopak?   **(On jest) chudy.**

（陽）這個男生是怎麼樣的？   他是瘦的。

Jaka jest ta książka?   **(Ona jest) ciekawa.**

（陰）這本書是怎麼樣的？   她是有趣的。

Jakie jest to drzewo?   **(Ono jest) wysokie.**

（中）這棵樹是怎麼樣的？   它是高的。

補充：（ ）中的人稱代名詞和動詞可以省略。

（2）主要動詞1：być（是）

MP3 | 190（代名詞＋動詞朗讀）

「być」（是）這個動詞與英文的「be動詞」相似，是屬於不規則變化的動詞。整理如下：

單數		複數	
ja（我）	jestem	my（我們）	jesteśmy
ty（你）	jesteś	wy（你們）	jesteście
on / ona / ono （他 / 她 / 它）	jest	oni / one （他們 / 她們 / 它們）	są

波蘭文有省略代名詞的習慣用法，例如，看到「być」（是）動詞為「jestem」時，就知道主詞是「ja」（我）。

★請注意

MP3 | 191

・在比較正式的情境下，如果要直接跟對方説話，波蘭人不會用「ty」（你）。要而是使用較禮貌的「先生（們）/ 小姐（們）＋第三人稱的動詞變化」。

以być動詞為例：
pan（先生）/ pani（小姐）使用「jest」
panowie（先生們）/ panie（小姐們）/ państwo（先生小姐們）
使用「są」

例如：
Czy jest pan żonaty?　　先生您已婚嗎？

・有一種最常見的自我介紹是「我是……」。

例如：
Jestem Mila.　　　　　我是蜜拉。

（3）主要動詞2：mieć（有）

MP3|192（代名詞＋動詞朗讀）

波蘭文的mieć（有）的不規則變化，整理如下：

單數		複數	
ja（我）	mam	my（我們）	mamy
ty（你）	masz	wy（你們）	macie
on / ona / ono （他 / 她 / 它）	ma	oni / one （他們 / 她們 / 它們）	mają

　　波蘭文有省略代名詞的習慣用法，例如，看到「mieć」（有）動詞為「mam」時，就知道主詞是「ja」（我），「ja」就可以省略掉了。

・mieć（有）動詞，也用在介紹名字：

Jak masz na imię? 　　　　　你叫什麼名字？
→ Mam na imię Ola. 　　　　我叫Ola.

（也可以直接回答：Jestem Ola. 我是Ola.）

・mieć（有）也用在表達歲數：

Ile masz lat? 　　　　　　　你幾歲？
→ Mam 20 lat. 　　　　　　　我20歲。

★請注意

在第4天P136介紹溫度「stopień」（度）時，說明過「stopień」（度）會隨著前面的數字變化，在這裡「歲」、「年」也是如此。整理如下：

年 / 歲	怎麼說
1年 / 歲	rok / roczek（1年 / 1歲）
2、3、4年 / 歲，以及所有20年 / 歲以上，結尾是2、3、4的年 / 歲數。例如：22、33、54……等。	lata（年 / 歲）
5～21年 / 歲，以及21年 / 歲以上，所有結尾是0、1、5、6、7、8、9的年 / 歲數。例如：31、35、36、40……等。	lat（年 / 歲）

例如：

【歲】

Moje dziecko ma roczek.　　　我的小孩一歲。

Mam 14 lat.　　　我14歲。

Twój brat ma 44 lata.　　　你的兄弟44歲。

【年】

Pracuję jako nauczyciel 2 lata.　　　我當老師2年了。

Mieszkam w Polsce rok.　　　我在波蘭住一年了。

Uczę się polskiego już 8 lat.　　　我學波蘭文已經8年了。

★請注意

波蘭文有省略代名詞的習慣用法，也就是說句子前面不用加「我」、「你」等代名詞，會根據動詞變化，自然知道這句話的主詞是誰。但第三人稱單複數的代名詞，例如，「on」（他）、「ona」（她）、「ono」（它）、「oni / one」（他們 / 她們 / 它們），則不能被省略，除非在前一句話已經提過了。

例如：

Mam dwadzieścia lat. 我二十歲。（不用加「ja」）

Masz trzydzieści lat? 你三十歲嗎？

※但是：**Ona ma dziesięć lat.** 她十歲。

（4）單數名詞的對格（biernik）

　　之前已經提到了，波蘭文的名詞、代名詞、形容詞、分詞有7種格。每個動詞後面的名詞或形容詞都有適合它的格。

　　「對格」最常跟及物動詞一起用，例如：robić（做）、brać（拿）、całować（親）、oglądać / czytać（看）、jeść（吃）、kupować（買）、pisać（寫）這些字等。前面學到了「mieć」（有）動詞，以及接下來要認識的動詞，後面都要接著使用對格（biernik）。一起來看看單數名詞的對格變化：

陽性名詞對格變化	陰性名詞對格變化	中性名詞對格變化
非活物名詞沒有變化 rower（自行車）→ rower	「-a」被「-ę」取代 mama（媽媽）→ mamę	沒有變化 okno（窗戶）→ okno
活物名詞要加「-a」 kot（貓）→ kota	例外：pani（小姐） → panią等等	
例外：植物、蔬果、貨幣、舞蹈或運動項目等。 dolar（美金）→ dolara tenis（網球）→ tenisa		

補充：雖然本書不會教複數名詞的相關文法，但要提醒，大部份複數名詞
　　　（除了男性複數或男女性複數名詞，變化較為複雜）主格和對格一
　　　樣，沒有變化。例如：「klucze → mam klucze」（我有鑰匙）、
　　　「lody → lubię lody」（我喜歡冰淇淋）。

先參考下面範例，再試著寫出完整的句子。　**MP3|196**（橫向朗讀）

範例：

主格的名詞	句子（mieć＋對格的名詞）
brat / 兄弟（活物名詞）	Mam brata. / 我有兄弟。
plecak / 背包（非活物名詞）	Masz plecak. / 你有背包。
pomidor / 番茄（蔬菜）	On ma pomidora. / 他有番茄。
żona / 老婆	Mam żonę. / 我有老婆。
dziecko / 小孩	Mamy dziecko. / 我們有小孩。

試著寫出完整的句子吧！

中文	主格名詞	句子（mieć ＋對格的名詞）
我有貓。	kot / 貓（活物名詞）	
我有姊妹。	siostra / 姊妹	
你有汽車。	samochód / 汽車	
他有椅子。	krzesło / 椅子	
她有書。	książka / 書	
我們有房子。	mieszkanie / 房子	
你們有電腦。	komputer / 電腦	
他們有公司。	firma / 公司	

解答P202

Dzień 01
Dzień 02
Dzień 03
Dzień 04
Dzień 05
Dzień 06
Dzień 07

2 | -ić 動詞的現在式變化：robić（做）、lubić（喜歡）

這個變化模式主要包含大部分以-ić或-yć為結尾的動詞，以及有些以-eć為結尾的動詞。例如：「myśleć」（想、思考）和少部分以-ać為結尾的動詞（不少有比較特殊的變化）。變化模式整理如下：

單數	動詞的結尾	複數	動詞的結尾
ja（我）	-ę	my（我們）	-imy / -ymy
ty（你）	-isz / -ysz	wy（你們）	-icie / -ycie
on / ona / ono（他 / 她 / 它）	-i / -y	oni / one（他們 / 她們 / 它們）	-ą

發現到了嗎？波蘭文的動詞，很多結尾有「ć」或「ść」。

下表以robić（做）舉例：

（1）robić（做）

MP3 197（代名詞＋動詞朗讀）

單數	動詞變化	複數	動詞變化
ja（我）	robię	my（我們）	robimy
ty（你）	robisz	wy（你們）	robicie
on / ona / ono（他 / 她 / 它）	robi	oni / one（他們 / 她們 / 它們）	robią

· 如果想知道某一個人正在做什麼，你可以問：

Co robisz?（你在做什麼？）

當然，也可以問別人做什麼。

例如：MP3 | 198

- **Co on robi?**　　　他在做什麼？
- **Co robi twój tata?**　你爸爸在做什麼？
- **Co robi ten kot?**　　這隻貓在做什麼？

· 如果要說，你或某個人 / 動物 / 東西做某一件事情，記得後面的名詞要
  使用對格名詞（請參考P164）。

例如：MP3 | 199（橫向朗讀）

主格的名詞	句子（**robić**的變化形＋對格名詞）
zupa / 湯	Robię zupę. / 我做湯。
śniadanie / 早餐	Mama robi śniadanie. / 媽媽做早餐。
obiad / 午餐	Oni robią obiad. / 他們做午餐。
kolacja / 晚餐	Robimy kolację. / 我們做晚餐。

（2）lubić（喜歡）

MP3 | 200（橫向朗讀）

單數	動詞變化	複數	動詞變化
ja（我）	lubię	my（我們）	lubimy
ty（你）	lubisz	wy（你們）	lubicie
on / ona / ono（他 / 她 / 它）	lubi	oni / one（他們 / 她們 / 它們）	lubią

如果要問別人他們喜歡什麼，可以說：MP3 | 201

Co lubisz?　　　　　你喜歡什麼？

Co one lubią?　　　　她們喜歡什麼？

Co lubi twoja mama?　你的媽媽喜歡什麼？

Dzień 01

Dzień 02

Dzień 03

Dzień 04

Dzień 05

Dzień 06

Dzień 07

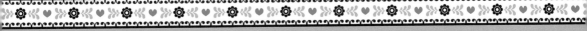

另一個問題是「你喜歡……嗎？」，如果是「嗎」這類的疑問句結尾，只要在句首加上「czy」就會成為疑問句，再加上名詞（對格）或者動詞（原型），或兩者都加。例如：

MP3 | 202（橫向朗讀）

動詞（原型）	名詞（主格）	句子
pływać / 游泳		Lubię pływać. / 我喜歡游泳。
	szkoła / 學校	Moje dziecko lubi szkołę. / 我的小孩喜歡學校。
jeść / 吃	ryż / 白飯	Czy lubisz jeść ryż? / 你喜歡吃白飯嗎？
pić / 喝	piwo / 啤酒	Czy ona lubi pić piwo? / 她喜歡喝啤酒嗎？

補充：在口語上，可省略「czy」。

① robić（做）這個動詞還可以怎麼用呢？請參考主格名詞，試著將中文翻譯成波蘭文吧！

中文	主格名詞	句子（robić ＋對格）
我在拍照。	zdjęcie / 照片	
她在化妝。	makijaż / 化妝	
他們做麵包。	chleb / 麵包	
他在洗衣。	pranie / 洗衣	
我做檢查。	badanie / 檢查 / 調查＊ （例如：badanie krwi / 抽血檢查）	

② lubić（喜歡）這個動詞還可以怎麼用呢？請參考動詞及名詞，試著將中文翻譯成波蘭文吧！

中文	動詞或名詞	句子（lubić ＋[原型動詞]＋對格）
我喜歡睡覺。	spać / 睡覺	
他喜歡洗衣服。	robić pranie / 洗衣	
我們喜歡音樂。	muzyka / 音樂	
你們喜歡茶。	herbata / 茶	
你喜歡舞蹈。	taniec / 舞蹈	

解答P202

Dzień 01

Dzień 02

Dzień 03

Dzień 04

Dzień 05

Dzień 06

Dzień 07

3 | -eć 動詞的現在式變化：chcieć（要）、umieć（會）

這個變化模式主要包含很多以-eć為結尾的動詞，以及有的以-ać（包括-awać / -ować）為結尾的動詞。因為不少屬於這個變化模式的動詞有比較特殊的（或不規則的）變化，所以比較複雜。這裡先認識chcieć（要）和umieć（會）這兩個常用的動詞。變化模式整理如下：

單數	動詞的結尾	複數	動詞的結尾
ja（我）	-ę / -em	my（我們）	-emy
ty（你）	-esz	wy（你們）	-ecie
on / ona / ono（他 / 她 / 它）	-e	oni / one（他們 / 她們 / 它們）	-ą / -eją

（1）chcieć（要）

第一個動詞，「chcieć」（要），先刪掉後面的「ieć」，再根據不同的主詞做變化。整理如下：

MP3 | 203（代名詞＋動詞朗讀）

單數	動詞變化	複數	動詞變化
ja（我）	chcę	my（我們）	chcemy
ty（你）	chcesz	wy（你們）	chcecie
on / ona / ono（他 / 她 / 它）	chce	oni / one（他們 / 她們 / 它們）	chcą

「chcieć」（要），後面的名詞也會按照對格做變化，而後面的動詞是維持原型。例如：

MP3 204（橫向朗讀）

動詞（原型）	名詞（主格）	句子
spać / 睡覺		Chcę spać. / 我要睡覺。
	kawa / 咖啡	Ona chce kawę. / 她要咖啡。
mieć / 有	kot / 貓	Dziecko chce mieć kota. / 小孩想要有貓。
kupić / 買	herbata / 茶	Oni chcą kupić herbatę. / 他們要買茶。

（2）umieć（會）

第二個動詞，「umieć」（會），先刪掉後面的「eć」，再根據不同的主詞做變化。整理如下：

MP3 205（代名詞＋動詞朗讀）

單數	動詞變化	複數	動詞變化
ja（我）	umiem	my（我們）	umiemy
ty（你）	umiesz	wy（你們）	umiecie
on / ona / ono （他 / 她 / 它）	umie	oni / one （他們 / 她們 / 它們）	umieją

umieć（會）後面通常會接上動詞原型。例如：

MP3 206（橫向朗讀）

動詞（原型）	名詞（主格）	句子
robić / 做	ciasto / 蛋糕	Umiem robić ciasto. / 我會做蛋糕。
tańczyć / 跳舞		Moja córka umie tańczyć. / 我的女兒會跳舞。
robić / 做	pizza / 披薩	Twój tata umie robić pizzę. / 你的爸爸會做披薩。
śpiewać / 唱		Umiecie śpiewać. / 你們會唱歌。

 Dzień 01
 Dzień 02
 Dzień 03
 Dzień 04
 Dzień 05
 Dzień 06
 Dzień 07

請參考動詞及名詞，試著將中文翻譯成波蘭文吧！

中文	動詞或名詞	句子
我要睡覺。	spać / 睡覺	
你要茶嗎？	herbata / 茶	
我會游泳。	pływać / 游泳	
她會化妝。	robić makijaż / 化妝	

解答P203

★請注意

・如果要說「不會」或「不要」，你只需要在動詞的前面加「nie」MP3 207
就好。
例如：nie umiesz（你不會）

・要記得喔，「nie＋形容詞」需要連在一起。
例如：niedobry（不好）

・「nie＋動詞」，要分開寫。
例如：nie chcę（我不要）

・但是要小心，很多動詞，如果加「nie」，後面名詞的格也會改變，不
是對格。

4 | **-ać 動詞的現在式變化：czytać（閱讀）、oglądać（看）、kochać（愛）**

最後我們介紹的變化模式，主要包含大部分以-ać為結尾的動詞。變化模式整理如下：

單數	結尾	複數	結尾
ja（我）	-am	my（我們）	-amy
ty（你）	-asz	wy（你們）	-acie
on / ona / ono（他 / 她 / 它）	-a	oni / one（他們 / 她們 / 它們）	-ają

（1）czytać（閱讀）

czytać（閱讀）的動詞變化，先刪掉後面的「ć」，然後加上對應主詞的結尾。整理如下：

MP3丨208（代名詞＋動詞朗讀）

單數	動詞變化	複數	動詞變化
ja（我）	czytam	my（我們）	czytamy
ty（你）	czytasz	wy（你們）	czytacie
on / ona / ono（他 / 她 / 它）	czyta	oni / one（他們 / 她們 / 它們）	czytają

當czytać（閱讀）後面的名詞是對格時。例如：

MP3丨209（橫向朗讀）

主格的名詞	句子（**czytać**＋對格的名詞）
książka / 書	Czytam książkę. / 我看書。
gazeta / 報紙	Oni czytają gazetę. / 他們看報紙。
artykuł / 文章	Ona czyta artykuł. / 她看文章。

（2）oglądać（看）

第二個動詞是oglądać（看）。請先刪掉後面的「ć」，然後加上對應主詞的結尾。整理如下：

MP3 | 210（代名詞＋動詞朗讀）

單數	結尾	複數	結尾
ja（我）	oglądam	my（我們）	oglądamy
ty（你）	oglądasz	wy（你們）	oglądacie
on / ona / ono （他 / 她 / 它）	ogląda	oni / one （他們 / 她們 / 它們）	oglądają

當oglądać（看）後面的名詞是對格時。例如：

MP3 | 211（橫向朗讀）

主格的名詞	句子（oglądać＋對格的名詞）
film / 電影	Oglądam film. / 我看電影。
telewizja / 電視	Oglądasz telewizję. / 你看電視。
serial / 連續劇	Ona ogląda serial. / 她看連續劇。
obraz / 畫	Oglądamy obraz. / 我們看畫。
mecz / 比賽	On ogląda mecz. / 他看比賽。
wystawa / 展覽	Oglądam wystawę. / 我看展覽。
filmik / 影片	Oni oglądają filmik. / 他們看影片。
przedstawienie / 表演	Mój brat ogląda przedstawienie. / 我的兄弟看表演。
zdjęcie / 照片	Twoja siostra ogląda zdjęcie. / 你的姊妹看照片。

請參考範例，再試著寫出完整的句子吧！

範例：

MP3 | 212

Co czytasz? / 你在看什麼？　　→ Czytam gazetę. / 我看報紙。

Co ona ogląda? / 她在看什麼？　→ Ona ogląda mój obraz. / 她在看我的畫。

試著寫出完整的句子吧！

中文	名詞	czytać / oglądać ＋對格
你閱讀什麼？		
我看書。	książka / 書	
他看什麼？		
他看展覽。	wystawa / 展覽	
我要看電影。	film / 電影	
你要看比賽嗎？	mecz / 比賽	
她看部落格。	blog / 部落格	

解答P203

（3）kochać（愛）

最後一個動詞是kochać（愛）。這裡也需要先刪掉後面的「ć」，然後加上對應主詞的結尾。整理如下：

MP3 | 213（代名詞＋動詞朗讀）

單數	結尾	複數	結尾
ja（我）	kocham	my（我們）	kochamy
ty（你）	kochasz	wy（你們）	kochacie
on / ona / ono（他 / 她 / 它）	kocha	oni / one（他們 / 她們 / 它們）	kochają

 Dzień 01
 Dzień 02
 Dzień 03
 Dzień 04
 Dzień 05
 Dzień 06
 Dzień 07

kochać（愛）後面可以加動詞（原型）或名詞（對格），或者兩個都加。

例如：

MP3│214

Kocham męża.　　　　　　我愛老公。

Ona kocha tańczyć.　　　　她愛跳舞。

Oni kochają pić herbatę.　他們愛喝茶。

Kocham Polskę.　　　　　我愛波蘭。

〈怎麼說「我愛你」呢？〉MP3│215

「我愛你」是很重要的一句話，那用波蘭文要怎麼說呢？記住，波蘭文的代名詞也會隨著不同的格改變。我們看看對格的代名詞：

單數	複數
ja（我）→ mnie	my（我們）→ nas
ty（你）→ cię / ciebie	wy（你們）→ was
on（他）→ go / jego	oni（他們）→ ich
ona（她）→ ją ono（它）→ je	one（他們）→ je

所以現在已經知道怎麼說「我愛你」這句話，就是「kocham cię」。

★請注意

如果要有禮貌，如果直接寫東西給一個人，所有的代名詞應該從大寫字母開始。例如：kocham Cię。這是比較尊重對方的寫法。

波蘭的特產

到波蘭應該要買什麼紀念品呢？普遍而言，大部分的人對波蘭不是那麼熟悉，所以很多人都會問：「到波蘭到底可以買些什麼呢？」。

其實在波蘭值得買、應該買、不買會後悔的東西真的太多了！現在就告訴您，到底有哪些必買、非買不可的東西吧！

第一個推薦的波蘭特產，是琥珀。波蘭的琥珀世界知名，品質很好。位於北邊的城市格但斯克（Gdańsk），甚至有「世界琥珀首都」的稱號。可以在當地買琥珀項鍊，或是琥珀耳環，這些都是相當受歡迎的禮物喔。

來到波蘭，也絕對不能錯過波蘭陶。波蘭陶的歷史已經超過500年，用色繽紛，有著各式各樣手繪花紋，相當有質感。波蘭陶在近年也開始受到台灣人的喜愛，如果不買幾個回來收藏，就真的太可惜了。

波蘭的保養品，也是一定要大肆採購的商品。波蘭保養品不但品質好，效果顯著，而且通過歐盟高規格認證，用起來也相當讓人放心。在波蘭，保養品的價格也很便宜，如果在台灣購買可能需要花上10倍的價格，這也是另一個一定要在波蘭多買保養品的好理由。

喜歡品酒的朋友，也應該買一些波蘭伏特加和啤酒，帶回家好好享用。波蘭伏特加是世界著名的，品質非常棒！它的口感滑順，不嗆口，讓許多平常不敢喝烈酒的人也能喝得很開心。波蘭的啤酒種類眾多，味道相當多元，可以大大地開啟對啤酒的想像。

還有一些紀念品是與地區相關的，像是華沙（Warszawa）的蕭邦相關紀念品、克拉科夫（Kraków）與龍相關的紀念品、波茲南（Poznań）的山羊紀念品、格但斯克（Gdańsk）的帆船紀念品、弗次瓦夫（Wrocław）的小矮人紀念品。這些紀念品都與當地的名人、文化、傳說有關。

波蘭的物價相較於其他歐洲國家，親民非常多，也和台灣頗相近。如果對波蘭各地特產和紀念品有興趣，真的可以大膽購買，不用擔心荷包會大失血。買下這些紀念品，為這趟旅程留下回憶，是最聰明的選擇！

第 7 天　學習文法（三）

- 更多動詞
- 打招呼、告別和問候
- 自我介紹
- 其他實用的詞句

1 | 更多動詞：jeść（吃）、pić（喝）

（1）jeść（吃）

MP3|216（代名詞＋動詞朗讀）

最後要學的兩個常用動詞，是「jeść」（吃）和「pić」（喝）。

「jeść」（吃）動詞的變化，跟「-eć」結尾的「umieć」（會）一樣。不過要注意複數「oni / one」的不規則變化。我們看看：

jeść（吃）

單數	動詞變化	複數	動詞變化
ja（我）	jem	my（我們）	jemy
ty（你）	jesz	wy（你們）	jecie
on / ona / ono（他 / 她 / 它）	je	oni / one（他們 / 她們 / 它們）	jedzą

「jeść」（吃）後面所接的名詞也是對格。

例如： MP3|217

Co jesz? 你在吃什麼？
→ Jem pomidora. 我在吃番茄。

Co ona lubi jeść? 她喜歡吃什麼？
→ Ona lubi jeść barszcz. 她喜歡吃甜菜根湯。

★請注意 MP3|218

Jeść使用於長久的狀態，例如「你喜歡吃什麼？」。如果用來指一次性的事情，例如「你要吃什麼？」，則用zjeść。

Co chcesz zjeść? 你要吃什麼？
→ Zupę. 湯。

★請注意 MP3 219

　　其實用「chcę」（我要）回答問題聽起來有點沒有禮貌。要禮貌地回答「Co chcesz zjeść?」（你要吃什麼？），可以用「Poproszę…」（請給我……），讓人感覺更有禮貌喔。

例如：

Co chesz zjeść?　→ Poproszę kanapkę.
你要吃什麼？　　　　　　請給我三明治。

　　所以在餐廳、咖啡廳或商店的時候，也可以跟服務員或店員説「Poproszę＋對格的名詞」（請給我……）。

（2）pić（喝）

MP3 220（代名詞＋動詞朗讀）

　　「pić」（喝）動詞的變化，跟「-eć」結尾的「chcieć」（要）很像。不過因為刪掉「ć」以後會有2個母音，所以2個母音的中間要加子音「j」。變化整理如下：

pić（喝）

單數	動詞變化	複數	動詞變化
ja（我）	piję	my（我們）	pijemy
ty（你）	pijesz	wy（你們）	pijecie
on / ona / ono（他 / 她 / 它）	pije	oni / one（他們 / 她們 / 它們）	pijią

　　pić（喝）後面所接的名詞是對格。 MP3 221

例如：

Co pijesz?　　　　　　你在喝什麼？
→ Piję kawę.　　　　　我喝咖啡。

Co lubicie pić?　　　　你們喜歡喝什麼？
→ Piwo .　　　　　　　啤酒。

Dzień 01
Dzień 02
Dzień 03
Dzień 04
Dzień 05
Dzień 06
Dzień 07

翻譯下面的句子：

你喜歡吃什麼？ _____

我喜歡吃水果。 _____

你在喝什麼？ _____

我喝茶。 _____

解答P203

2 | Przywitania, pożegnania, pozdrowienia 打招呼、告別和問候

（1）przywitania i pożegnania 打招呼和告別 MP3|222

波蘭文的招呼語和告別有分正式和非正式的說法，而打招呼和告別的詞語也會依正式和非正式有區別。

打招呼

正式	非正式
Dzień dobry / 您好	Cześć / 你好
Dobry wieczór / 晚上好	Hej / 嗨

告別

正式	非正式
Do widzenia / 再見	Do zobaczenia / 再見
	Cześć / 拜拜
	Do jutra / 明天見
	Na razie / 再見

Dobranoc / 晚安

★請注意

其實非正式的說法還有很多，在這裡只列出最常用的。

（2）pozdrowienia 問候

因為問別人「你好嗎？」屬於比較不正式的情況，這裡會介紹幾個非正式的問候說法。

「你好嗎？/ 最近怎麼樣？」最常翻譯成「Jak się masz?」，雖然這個表現是對的，不過在還有更多說法。希望可以學會波蘭人最常用的問候。那麼還可以怎麼問呢？

Co słychać?

Jak tam?

Co tam?

Jak leci?

要怎麼回答呢？答案很多，這裡也介紹幾個最常用的：

Fatalnie / 非常不好

Źle / 不好

Kiepsko / 不太好

Tak sobie / 馬馬虎虎

W porządku / 還好

Dobrze / 好

Świetnie / 很好

Super / 非常好

Wszystko w porządku / 一切都好

如果你想問對方「你呢？」，可以說：「A u ciebie?」

3 | przedstawianie się 自我介紹

（1）先從問別人要怎麼稱呼他們開始。

MP3 | 225

・問對方大名：

Jak masz na imię?　　你叫什麼名字？

→通常答案是你的名字。可以直接説你的名字，或者説：

Mam na imię …　　　我的名字叫……

或者説：

Jestem…　　　　　　我是……

・另外一個問題是：

Jak się nazywasz?　　怎麼稱呼你？

→通常答案是「名字＋姓」：

Nazywam się…　　　我叫……

・如果只想問「你姓什麼？」可以説：**Jak masz na nazwisko?**

→答案通常是或直接説你的姓。如果你想説「我姓……」也可以説：

Mam na nazwisko…（我姓……）。

（2）問正式的問題，記得要加上pan（先生）或 pani（小姐）的稱呼。

MP3 | 226

要記得，正式語言的動詞是第三人稱的。

Jak ma pan / pani na imię?　　先生 / 小姐您叫什麼名字？

Jak się pan / pani nazywa?　　先生 / 小姐怎麼稱呼您？（若是直接翻譯，則為「您怎麼稱呼您自己」）

Jak ma pan / pani na nazwisko?　　先生 / 小姐您姓什麼？

＊看到「się」可能在想到底是什麼意思，當「動詞＋się」就是所謂的「反身動詞」。

Dzień 01
Dzień 02
Dzień 03
Dzień 04
Dzień 05
Dzień 06
Dzień 07

· 介紹自己後，你可以説：

Miło mi cię / pana / panią poznać.　　很高興認識你 / 您先生 / 您小姐。

· 或者直接説比較常用的：

Miło mi.　　　　　　　　　　　很高興（認識）。

· 可能會想要跟對方分享你是從哪裡來的。

Skąd jesteś?　　　　　　　　　你是哪裡的人？

Jestem z Tajwanu / Polski.　　　我來自台灣 / 波蘭。

在這裡順便講一個小規則。「Z」（從）後面加上的國家名字，也需要變化。變化規則整理如下：

MP3 | 227

-a → -i	子音 → -u	-y → - / -
Polska / 波蘭 → z Polski	Tajwan / 台灣 → z Tajwanu	Chiny / 中國 → z Chin
Francja / 法國 → z Francji	Wietnam / 越南 → z Wietnamu	Włochy / 義大利 → z Włoch
Rosja / 俄羅斯 → z Rosji	Iran / 伊朗 → z Iranu	例外：Niemcy / 德國 → z Niemiec

＊當然也有一些例外，比如：Ukraina（烏克蘭）→ z Ukrainy

★請注意

前面的「z」和後面的國名説出來會連在一起，產生連音（請參考MP3）。也請記得，「z」在清音前面或後面從濁音變為清音s（ㄙ），所以如果前面的國名從濁音開始，例如：z Polski發音為[s] Polski。

一、請聽MP3，試著練習對話吧！

MP3 | 228

| Ile masz lat? | 你幾歲？ |
| → Mam… lat. | 我……歲。 |

| Jakie jest twoje hobby? | 你的愛好是什麼？ |
| → Moje hobby to... | 我的愛好是……。 |

| Mam… | 我有……。（例如：老公、哥哥、妹妹、狗等） |

| Gdzie pracujesz? | 你在哪裡工作？ |
| → Pracuję jako… | 我做……工作。 |

可以再加：

| Uczę się polskiego. | 我學波蘭文。（原型動詞：uczyć się） |

二、試著聽聽下面的對話，看能聽懂多少，
   接著一起練習看看吧！

MP3 | 229

A：Cześć! 你好！

B：Hej! 嗨！

A：Jestem Kasia, a ty? 我是Kasia，你呢？

B：Marek. Miło mi. 我是Marek。高興認識你。

A：Skąd jesteś? 你是哪裡人？

B：Z Polski, a ty? 我來自波蘭，你呢？

A：Z Tajwanu. Ile masz lat? 我來自台灣。你幾歲？

B：Mam 24 lata. Uczysz się polskiego? 我24歲。你學波蘭文嗎？

Dzień 01
Dzień 02
Dzień 03
Dzień 04
Dzień 05
Dzień 06
Dzień 07

A：Tak, uczę się polskiego. 　　　　　是，我學波蘭文。
　　To moje hobby. 　　　　　　　　　這是我的愛好。
　　Jakie jest twoje hobby? 　　　　你的愛好是什麼？

B：Moje hobby to bieganie, 　　　　　我的愛好是跑步。
　　ale pracuję jako nauczyciel. A ty? 可是我的工作是老師。你呢？
A：Ja pracuję jako lekarz. 　　　　　我當醫生。
B：Masz rodzeństwo? 　　　　　　　你有兄弟姊妹嗎？
A：Tak, brata i siostrę. A ty? 　　　有，兄弟和姊妹。你呢？
B：Nie, ale mam kota. 　　　　　　　沒有，可是我有貓。

MP3｜230

A：Cześć! 　　　　　　　　　　　　你好！
B：Cześć! Co słychać? 　　　　　　你好！最近怎麼樣？
A：Wszystko w porządku. A u ciebie? 一切都好，你呢？
B：Świetnie. Masz czas w środę? 　很好。你星期三有空嗎？
A：W środę? Mam. A co chcesz robić? 星期三嗎？有。那你要做什麼？
B：W środę wieczorem ja i moja żona 星期三晚上我和我的老婆做
　　robimy kolację. Lubisz pierogi? 　晚餐。你喜歡波蘭的水餃嗎？
A：Super! Bardzo lubię pierogi, 　　非常好！我很喜歡波蘭的水餃，
　　ale nie umiem gotować. 　　　　可是我不會做菜。
B：Nie szkodzi, my umiemy. 　　　　沒關係，我們會。
　　Do zobaczenia w środę! 　　　　星期三見！
A：Dziękuję i do zobaczenia! 　　　謝謝，星期三見！

4 | inne przydatne zwroty 其他實用的詞句

（1）日常用語

Tak.　　　　　　　　　　　是的。
　　　　　　　　　　　　　　　＊注意！有的波蘭人説「no」，意思也是
　　　　　　　　　　　　　　　　「是的」，而不是英文的「不」喔！

Nie.　　　　　　　　　　　不。

Poproszę.　　　　　　　　請給我。/（有禮貌的）我要。

Dziękuję. / Dzięki.　　　　謝謝。/（非正式）謝啦。

Nie ma za co.　　　　　　不客氣。

Dawno się nie widzieliśmy.　好久不見。

Słucham?　　　　　　　　（有禮貌的）什麼？/（接電話的）喂？

Nie rozumiem.　　　　　　我不懂。

Przykro mi.　　　　　　　（比如聽到壞消息時使用）抱歉。

Przepraszam.　　　　　　對不起。/借過一下。/請問。

Nie szkodzi.　　　　　　　沒關係。

Nic się nie stało.　　　　沒事。（與沒關係類似）

Nie martw się.　　　　　　不用擔心。

Która godzina?　　　　　現在幾點？

O której?　　　　　　　　幾點？

Spóźnię się.　　　　　　我會遲到。

Dzień 01

Dzień 02

Dzień 03

Dzień 04

Dzień 05

Dzień 06

Dzień 07

Zaraz wracam.	我等一下回來。
Już jestem.	我已經到了。／我回來了。
Muszę już iść.	我要走了。
Zobaczymy.	走著瞧。
Zajęte.	（這裡）有人。
Wolne.	（這裡）沒有人。／空的。

（2）請求協助

MP3 | 232

Podejdziesz?	你可以過來嗎？
Za chwilę.	等一下。 （用於一段時間的等候，比如「等一下我會幫你處理」）
Chwileczkę.	等一下。 （用於很短暫的等候，比如「等一下，我只關門就過來」）
Co zrobić?	怎麼辦？
Jak myślisz?	你覺得呢？
Dobry pomysł.	好的想法。
Dziękuję za pomoc.	謝謝幫忙。
Nie ma problemu.	沒問題。

（3）問候祝賀

Powodzenia!	加油！/ 祝你好運！
Miłego dnia!	祝你今天開心！
Sto lat!	祝你生日快樂！（直接翻譯：一百歲）
Gratulacje!	恭喜！
Miłej podróży!	一路平安！
Wracaj do zdrowia! / Kuruj się!	保重身體！/ 祝你趕快好！

（4）提醒

Uwaga.	請注意。
Uważaj！	小心！
Pomocy! / Ratunku！	救命！
Zostaw mnie！	走開！

（5）問路

Zgubiłem się. / Zgubiłam się.	我迷路了。（男 / 女）
Gdzie?	在哪裡？
Gdzie jest…?	（主格）……在哪裡？
Prosto.	在這裡：直走
Tam.	在那邊。
Tu / tutaj.	在這裡。
(Skręć) w lewo.	左轉。
(Skręć) w prawo.	右轉。

Dzień 01

Dzień 02

Dzień 03

Dzień 04

Dzień 05

Dzień 06

Dzień 07

（6）購物

Otwarte.	營業中。
Zamknięte.	閉店。
Ile to kosztuje?	這個多少錢？
Chcę kupić…	我要買……（＋對格）
Czy dostanę…?	這裡有賣……？（＋對格）
Poproszę paragon.	請給我發票。

（7）表達感覺

Jestem zmęczony. / Jestem zmęczona.	我累了。（男／女）
Jestem śpiący. / Jestem śpiąca.	我很睏。（男／女）
Jestem zajęty. / Jestem zajęta.	我很忙。（男／女）
Nic mi się nie chce.	我什麼都不要做。
A to pech.	很倒楣。
Źle się czuję.	我不舒服。
Muszę iść do lekarza.	我需要看醫生。
Gdzie jest apteka?	藥房在哪裡？

波蘭的迷信

每個國家因為文化不同,所以都有各自的習俗,甚至有各自迷信的地方,這一點當然連波蘭也不例外喔。

出去看電影時帶了一個大包包,你會不會順手把它放在腳邊呢?這在波蘭人身上是不可能會發生的事,因為波蘭人相信,如果把包包放在地上,就會讓錢跑掉。所以下次和波蘭人一起外出,可以特別觀察一下,他們都把包包放在哪裡囉。

外出用餐時,如果桌子比較小,有的人可能會選擇坐在靠近桌角的位置。這對波蘭人來說,是不好的事情,特別是對年輕女生而言更是,因為波蘭人認為,如果女生坐在桌角會影響她的感情運,讓她沒有機會結婚。因此可以發現,波蘭人吃飯的時候,絕對沒有人會坐在桌角的。

有時候因為趕時間,可能會忘東忘西,把重要的東西放在家裡,忘了帶出門。如果波蘭人發生這個狀況,想趕回家拿這個東西時,他們習慣先坐下來,從 1 數到 10。會這樣做的原因是要先讓自己冷靜下來,不要因為衝動而做出不好的事情。波蘭有個諺語,大意是說,「當你很急的時候,魔鬼是最開心的」(Jak się człowiek spieszy, to się diabeł cieszy.),就是這個道理。

另外,波蘭人也不喜歡把話說太滿,太早下好的結論。舉例來說,如果覺得今天早上運氣不錯,心情很好,這時波蘭人不會說「今天是個美好的一天」,因為會擔心如果這麼說,結果下午發生了不好的事情,那就自打嘴巴了。因此若這句話不小心脫口而出,說出這句話的人就會敲木頭製品 3 下,藉著這個動作來抵消這句話。其實這個迷信不只是在波蘭,許多斯拉夫國家也都是這樣子(如俄羅斯),相信大家在看斯拉夫電影時,一定可以看到「敲附近的木頭製品 3 下」這樣的畫面。

雖然隨著時代的演進,許多帶有傳統想法的迷信漸漸消失了,但是在現今的波蘭,還是可以不經意地發現這些有趣的文化差異和迷信囉!

Notatki

自我測驗

一、請仔細聆聽字母的發音，然後寫下字母的大小寫。

1. A、2. I、3. U、4. Y、5. D、6. G、7. L

二、連連看，還記得這些單詞的意思嗎？試著把中文和波蘭文連在一起。

1. autobus　　　·　　　　　　　·　房子 / 家

2. egzamin　　　·　　　　　　　·　名字

3. imię　　　　·　　　　　　　·　票

4. obiad　　　　·　　　　　　　·　午餐

5. ulica　　　　·　　　　　　　·　貓

6. bilet　　　　·　　　　　　　·　公車

7. dom　　　　·　　　　　　　·　電影

8. film　　　　·　　　　　　　·　鷄蛋

9. herbata　　　·　　　　　　　·　考試

10. jajko　　　　·　　　　　　　·　碗

11. kot　　　　·　　　　　　　·　茶

12. miska　　　　·　　　　　　　·　路

DZIEŃ 2　第2天

自我測驗

一、請仔細聆聽字母的發音，然後寫下字母的大小寫。

1. R、2. W、3. Z、4. Ę、5. Ł、6. N、7. T

二、連連看，還記得這些單詞的意思嗎？試著把中文和波蘭文連在一起。

1. samochód　·　　　　　　·　老公
2. Polska　·　　　　　　　·　愛情
3. rower　·　　　　　　　·　行李箱
4. noc　·　　　　　　　·　夜
5. torebka　·　　　　　　·　波蘭
6. walizka　·　　　　　·　汽車
7. zegar　·　　　　　　·　雪
8. mąż　·　　　　　　·　自行車
9. miłość　·　　　　　·　不好
10. stół　·　　　　　·　包包
11. śnieg　·　　　　·　桌子
12. źle　·　　　　　·　鐘錶

自我測驗

一、請仔細聆聽字母的發音，然後寫下字母的大小寫。

1. Dz、2. Sz、3. Si、4. Ż / Rz、5. Dż、6. Ni、7. U / Ó

二、連連看，還記得這些單詞的意思嗎？試著把中文和波蘭文連在一起。

1. czas　　　　　　·　　　　　　　·　衣櫃

2. pieniądze　　　·　　　　　　　·　冬天

3. dżinsy　　　　·　　　　　　　·　手機

4. ciasto　　　　·　　　　　　　·　謝謝

5. dziękuję　　　·　　　　　　　·　河

6. szafa　　　　·　　　　　　　·　錢

7. siatka　　　　·　　　　　　　·　蛋糕

8. Niemcy　　　·　　　　　　　·　牛仔褲

9. zima　　　　·　　　　　　　·　麵包

10. komórka　　·　　　　　　　·　時間

11. chleb　　　·　　　　　　　·　德國

12. rzeka　　　·　　　　　　　·　購物袋

DZIEŃ 4 第4天

自我測驗

8：osiem

13：trzynaście

25：dwadzieścia pięć

49：czterdzieści dziewięć

65：sześćdziesiąt pięć

77：siedemdziesiąt siedem

110：sto dziesięć

DZIEŃ 5 第5天

2. 陰陽中性的單數名詞：主格

（1）單數名詞：主格

自我測驗：請在正確的地方打V。

名詞		陽性	陰性	中性
piłka	球		V	
słońce	太陽			V
las	森林	V		
kot	貓	V		
rzeka	河		V	
muzeum	博物館			V
samochód	汽車	V		

（2）單數名詞：主格的指示代名詞——TEN、TA、TO 這個

自我測驗：請在正確的地方打V。

名詞		ten	ta	to
basen	游泳池	V		
dziecko	小孩			V
plecak	背包	V		
spódnica	裙子		V	
pani	小姐		V	
miasto	城市			V
telefon	電話	V		

（3）單數名詞：主格的指示代名詞——TAMTEN、TAMTA、TAMTO 那個

自我測驗：請在正確的地方打V。

名詞		tamten	tamta	tamto
drzewo	樹			V
ryba	魚		V	
kawa	咖啡		V	
kamień	石頭	V		
imię	名字			V
liceum	高中			V
pan	先生	V		

3. 陰陽中性的單數形容詞：主格

（1）單數形容詞：主格

自我測驗：請填入形容詞的陰陽中性變化。

陽性		陰性		中性	
długi	長的	długa		długie	
krótki		krótka	短的	krótkie	
ciemny		ciemna		ciemne	暗的
jasny	亮的	jasna		jasne	
szybki		szybka	快的	szybkie	
wolny		wolna		wolne	慢的
drogi	貴的	droga		drogie	
tani		tania	便宜的	tanie	

（3）單數形容詞：主格的疑問用詞——JAKI、JAKA、JAKIE
怎麼樣、什麼樣

自我測驗：試著寫出對應的問句。

① Jaki   ④ Jaka

② Jakie   ⑤ Jaka

③ Jaki   ⑥ Jakie

4. 把形容詞和名詞組合起來

（1）Co to jest? / Kto to jest?　這是什麼？/ 這是誰？
自我測驗：請根據提示，完成對話。

　① To jest czarna sukienka.

　② To jest ciężki plecak.

　③ To jest znana dziennikarka.

　④ To jest smaczna zupa.

　⑤ To jest stary rower.

　⑥ To jest wysoka kobieta.

（2）Jaki jest ten…?　這個⋯⋯是怎麼樣的？
自我測驗：請根據提示，完成對話。

　① Ten most jest długi.

　② Ta szminka jest czerwona.

　③ To miasto jest brzydkie.

　④ Jaki jest ten film?

　⑤ Jaka jest ta chmura?

　⑥ Jakie jest to jabłko?

（3）MÓJ、TWÓJ　我的、你的（單數）
自我測驗：請根據提示，完成對話。

　① To jest mój komputer.

　　Mój komputer jest nowy.

　② Kto to jest?

　　Jakie jest twoje dziecko?

　③ To jest moja koszula.

　　Ta koszula jest zielona.

　④ Co to jest?

　　Jaki jest ten kubek?

　⑤ To jest moja siostra.

　　Moja siostra jest niska.

1. 人稱代名詞＋主要動詞：**być**（是）、**rozumieć**（懂）
、**mieć**（有）＋對格（**biernik**）（現在式）
自我測驗：先參考下面範例，再試著寫出完整的句子。

試著寫出完整的句子吧！

我有貓：Mam kota.

我有姊妹：Mam siostrę.

你有汽車：Masz samochód.

他有椅子：On ma krzesło.

她有書：Ona ma książkę.

我們有房子：Mamy mieszkanie.

你們有電腦：Macie komputer.

他們有公司：Oni mają firmę.

2. -**ić**, -**yć**動詞的現在式變化：**robić**（做）、**lubić**（喜歡）
自我測驗

① robić（做）這個動詞還可以怎麼用呢？請參考主格名詞，試著將中
文翻譯成波蘭文吧！

我在拍照：Robię zdjęcie.

她在化妝：Ona robi makijaż.

他們在做麵包：Oni robią chleb.

他在洗衣：On robi pranie.

我做檢查：Robię badanie.

② lubić（喜歡）這個動詞還可以怎麼用呢？請參考動詞及名詞，試著
將中文翻譯成波蘭文吧！

我喜歡睡覺：Lubię spać.

他喜歡洗衣服：On lubi robić pranie.

我們喜歡音樂：Lubimy muzykę.

你們喜歡茶：Lubicie herbatę.

你喜歡舞蹈：Lubisz taniec.

3. **-eć動詞的現在式變化：chcieć（要）、umieć（會）**
   自我測驗：請參考動詞及名詞，試著將中文翻譯成波蘭文吧！

我要睡覺：Chcę spać.
你要茶嗎？：(Czy) chcesz herbatę?
我會游泳：Umiem pływać.
她會化妝：Ona umie robić makijaż.

4. **-ać動詞的現在式變化：czytać（閱讀）、oglądać（看）、kochać（愛）**
   自我測驗：請參考範例，再試著寫出完整的句子吧！

你閱讀什麼？：Co czytasz?
我看書：Czytam książkę.
他看什麼？：Co on ogląda?
他看展覽：On ogląda wystawę.
我要看電影：Chcę oglądać film.
你要看比賽嗎？：(Czy) chcesz oglądać mecz?
他看部落格：Ona czyta blog.

DZIEŃ 7　第7天

1. **更多動詞：jeść（吃）、pić（喝）**
   自我測驗：翻譯下面的句子：

你喜歡吃什麼？：Co lubisz jeść?
我喜歡吃水果。：Lubię jeść owoce.
你在喝什麼？：Co pijesz?
我喝茶。：Piję herbatę.

國家圖書館出版品預行編目資料

信不信由你 一週開口說波蘭語 /
蜜拉（Emilia Borza-Yeh）、葉士愷合著
-- 初版 -- 臺北市：瑞蘭國際，2019.07
208面；17 × 23公分 --（繽紛外語系列；87）
ISBN：978-957-9138-17-8（平裝）
1.波蘭語 2.讀本

806.28   108009216

繽紛外語系列 87

信不信由你
一週開口說波蘭語

作者｜蜜拉（Emilia Borza-Yeh）、葉士愷・責任編輯｜潘治婷、王愿琦
校對｜蜜拉（Emilia Borza-Yeh）、葉士愷、潘治婷、王愿琦

波蘭語錄音｜蜜拉（Emilia Borza-Yeh）、葉皓勤（Marcin Jerzewski）
錄音室｜純粹錄音後製有限公司
封面設計、版型設計、內文排版｜余佳憓・書封照片｜J.STUDIO婚攝樂傑

瑞蘭國際出版

董事長｜張暖彗・社長兼總編輯｜王愿琦
編輯部
副總編輯｜葉仲芸・副主編｜潘治婷・文字編輯｜林珊玉、鄧元婷・特約文字編輯｜楊嘉怡
設計部主任｜余佳憓・美術編輯｜陳如琪
業務部
副理｜楊米琪・組長｜林湲洵・專員｜張毓庭

出版社｜瑞蘭國際有限公司・地址｜台北市大安區安和路一段104號7樓之1
電話｜(02)2700-4625・傳真｜(02)2700-4622・訂購專線｜(02)2700-4625
劃撥帳號｜19914152 瑞蘭國際有限公司・瑞蘭國際網路書城｜www.genki-japan.com.tw

法律顧問｜海灣國際法律事務所　呂錦峯律師

總經銷｜聯合發行股份有限公司・電話｜(02)2917-8022、2917-8042
傳真｜(02)2915-6275、2915-7212・印刷｜科億印刷股份有限公司
出版日期｜2019年07月初版1刷・定價｜380元・ISBN｜978-957-9138-17-8

瑞蘭國際

瑞蘭國際

瑞蘭國際